AF695905

Spurenjäger

Christine Breyhan

Spurenjäger

Schnitzeljagd rund
um das Bremer Rathaus

Edition Falkenberg

Titelabbildung: Halka Breyhan

1. Auflage 2018

ISBN 978-3-95494-171-1
www.edition-falkenberg.de

Inhaltsverzeichnis

Wie im Märchen vom süßen Brei muss man sich erst einmal zu Maries Geschichte »durchfressen«. Das kommt daher, dass sie ihren nervenden Zahlen-Tick und ihre Neugier nicht abgelegt hat, obwohl inzwischen aus der Elfjährigen eine Siebzehnjährige geworden ist. Aber ihr heutiger Blick verbindet sich mit den Gefühlen und Bildern von damals. Neu hinzu gekommen sind Beobachtungen und Merkmale persönlicher und allgemeiner Veränderungen. Was hat sie inzwischen nicht alles gelesen und gehört! Dieser Brei aus Eindrücken von wirklich Erlebtem und Berichtetem schmeckt manchmal süß, aber oft auch bitter oder salzig. Wer keine Lust auf eine Einleitung hat, springt schwupps einfach weiter, am besten gleich auf Seite neun zum ersten Tagebucheintrag vom Mittwoch in die *eigentliche* Geschichte. Hauptsache, man verdirbt sich nicht den Magen und verliert seine gute Laune nicht.

A: wie Anfang, aber auch wie – Abschied

Damals habe ich einen ruhigen Ort gesucht, an dem ich meine Erlebnisse aufschreiben wollte. Die Geschichte hat sich aus der Erkundung um das Rathaus in Bremen und die Umgebung von selbst ergeben. Manche beginnen nach einer Reise am Bahnhof – A: wie Ankunft, andere in einer neuen Schule – A: wie Anmeldung, im Theater – A: wie Aufführung.

Eigentlich gefällt es mir, eine Geschichte auf einem Glockenturm zu beginnen – A: wie Aufstieg oder im Gefängnis – A: wie Aufenthalt, in der Wüste – A: wie Ausgesetzt oder im Bergwerk – A: wie Abstieg. Doch was hat das mit mir zu tun? Das habe ich doch nicht erlebt. Deshalb habe ich in meinem Zimmer an meinem Schreibtisch Notizen gemacht, während Mäxchen seinen Kopf auf meinen Fuß gelegt hat.

A: wie Aber und Anfang einer Geschichte: »Scheiße fliegt durch die Luft.« Das finde ich aberwitzig. Aber leider stammt der Anfang nicht von mir. Außerdem gehört er zu einer anderen Geschichte. A: wie Angelika Klüssendorf, sie hat sich das ausgedacht.

Black Mirror

Zerfleddert, bekleckert und mit Eselsohren verziert, so sieht mein altes Tagebuch aus. Glänzend, elegant und magisch leuchtend wirkt mein Smartphone. Im Tagebuch steht, was mal war und jetzt vorbei ist. In toller Geschwindigkeit und ohne Unterlass liefert mir mein Smartphone eine Nachricht nach der anderen. Kaum habe ich sie gelesen, schon ist sie überholt. Welche ist wichtig, welche nicht?

Ehe ich mein Zimmer aufräume, sogar halb ausräume, mache ich ein paar Fotos und schicke sie an Laura. Ich nehme Abschied und übersiedele zum Studium nach Göttingen. Es ist kein Zufall, dass ich mich für Jura entschieden habe. Schon im Kindergarten habe ich mich über Ungerechtigkeit aufgeregt.

Ich habe das Tagebuch-Schreiben auch nur drei Monate durchgehalten. Damals wollte ich einfach nur in mich hinein schauen und meine Gedanken zu den Ereignissen festhalten. Doch dann bekam ich mein Smartphone. Wie im Märchen spricht es zu mir. Ich befrage es: »Spieglein, Spieglein in der Hand, was ist das

Interessanteste im ganzen Land?« Warum schalte ich das verflixte Ding nicht einfach aus? Habe ich das entsprechende Zauberwort vergessen? *Töpfchen steh* heißt es beim süßen Brei. Wenn ich doch bloß nicht so neugierig wäre. Ich könnte ja was verpassen.

Doch eben habe ich mich getraut, mein ganzes »Blog-Archiv« mit der Liste der berühmten Jahres-, Geburts- und Gedenktage, die ich gesammelt habe, einfach zu löschen. Es ist ein befreiendes Gefühl. Alle Zahlen sind verschwunden. Der letzte Eintrag lautete: Heute wäre Nelson Mandela 100 Jahre alt geworden.

Auf meinem Schreibtisch direkt unter dem Fenster stapeln sich aussortierte Bücher, Kinderbücher(!) – mein geliebtes Lexikon kann ich einmotten – daneben Krimskrams, zerknautschte Stofftiere und dieses vergessene Tagebuch. Das Fenster steht trotz des Sturmtiefs *Friederike* weit offen. Der Wind zaust an den Blättern. Schaut euch diese tollen Zeichnungen an und dann die Krakelschrift! Wäre für Informatiker jetzt ein Kinderspiel sie zu fälschen. Diese Seite bleibt aufgeschlagen liegen: *Heute ist mir etwas Komisches passiert.*

»Heute?« Ist es nicht wie der Blick in einen verstaubten Spiegel? Habe ich wirklich Lust, sechs Jahre in meinem Leben zurückzuspringen? Ich fühle mich wie Marie Zwei, die im Leben von Marie Eins herumschnüffelt. Aber das Lesen holt die Vergangenheit in meine Gegenwart, verbindet die beiden Zeiten und macht daraus die Geschichte einer Marie, die es so nie wieder geben wird …

Mittwoch

So, mit diesem Heft fange ich mal an, Tagebuch zu schreiben, auch wenn das heute wohl niemand mehr macht. Wie fange ich an? Einfach so: Ich heiße Marie, bin 11 Jahre alt, singe im Domchor, flitze oft an der Weser auf meinem Einrad herum, lese gerne Abenteuer- und Geistergeschichten und füttere Mäxchen manchmal mit Petersilienstängeln. Mäxchen ist mein weißes Kaninchen, das mir die Stängel aus der Hand knabbert. Es sieht aus, als würde es grüne Spaghetti futtern. Wenn ich mit Basilikum-Blättern vor Mäxchens Nase wedele oder ihm das Kerngehäuse von Paprika zum Schnuppern hinhalte, macht es vor Aufregung Männchen und wackelt mit der Blume.

Ich habe braune Locken und ziemlich lange Beine, mit denen ich sehr schnell rennen kann. Darum wird mir manchmal auch Wuschelkopf oder Storchenbein hinterher gerufen. Aber daraus mache ich mir nichts, da soll mich erst einmal einer überholen. Außerdem gehe ich in die Klasse 6f der St. Johannisschule in Bremen. Mein Klassenlehrer heißt Stefan Nordsiek, und ich sitze natürlich neben Laura. Sie ist erst 10 Jahre alt, trägt einen blonden Pferdeschwanz, ist wahnsinnig praktisch und träumt niemals nur so vor sich hin. Manchmal finde ich sie etwas altklug, aber meistens ist sie schwer in Ordnung. Obwohl wir sehr gegensätzlich sind, kommen wir ziemlich gut miteinander aus.

Wie es kam, dass Marie eine rätselhafte Geschichte erlebte

Donnerstag

Heute ist mir etwas Komisches passiert. Ich weiß einfach nicht, was ich davon halten soll. Weil ich mein ganzes Geld auf dem Freimarkt ausgegeben habe, kann ich Mama die wunderschöne Halskette mit den funkelnden, bunt leuchtenden Steinen nicht mehr zum Geburtstag schenken. Ich habe mir etwas anderes ausgedacht. Und ich glaube, Mama hat sich gefreut, nicht noch eine Laubsägearbeit zu bekommen. Und ich habe mich gefreut, denn die Gutscheine, die ich verschenkt habe, wollte ich gemächlich über das ganze Jahr verteilen. Ich habe nicht damit gerechnet, dass Mama schon heute den ersten einlösen würde. Und dadurch kam ich an diesen Zettel …

Als Marie in diese Sache hineingeriet, konnte sie wirklich noch nicht ahnen, dass sie davon wochenlang in Atem gehalten würde. Das Ganze fing so harmlos an, dass sie sich nicht im Traum vorstellen konnte, wie sich alles einmal entwickeln sollte. Denn als sie ihr Tagebuch anfing, wusste sie noch nicht, dass sie einmal nachts Pläne und Skizzen zeichnen würde, wenn sie vor Aufregung nicht schlafen konnte. Sie konnte nicht wissen, dass jemand sie beschatten würde, und dass sie auf eine krumme Tour aufmerksam werden würde. Für sie geriet Einiges durcheinander, Anderes wurde sogar bedrohlich.

Marie meinte später, dass sie das ganze Abenteuer nur ihrer Freundin Laura zu verdanken hatte. Laura war in diesem Herbst regelrecht vergnügungssüchtig, so richtig freimarktverrückt. Marie musste sie natürlich immer begleiten, denn allein macht ein Jahrmarktsbummel überhaupt keinen Spaß. Viele Bremer schienen in dieser Zeit aufgekratzt zu sein. Selbst der alte Ritter Roland, der steinerne Riese, der am Rathaus steht, musste sich gefallen lassen, mit einem Lebkuchenherz und Luftballons dekoriert zu werden.

»Lass dich mal ordentlich auf der Achterbahn durchrütteln, damit man wieder vernünftig mit dir reden kann«, meinte Tante

Melanie bevor sie Marie zwanzig Euro in die Hand drückte. Doch auch als diese ihr ganzes Taschengeld dazulegte und von ihrer Mutter noch großzügige Unterstützung bekam, war alles im Nu ausgegeben. Sie bekam einen Riesenschreck. Wie schnell das ging! Aber sie war sich mit Laura einig, dass es mächtig Spaß gemacht hatte, so herumzustrolchen und anzugeben.

»Marie, fantasiere nicht, sondern komm endlich zum Eigentlichen«, sagte ihr Vater immer beim Abendessen, obwohl er doch vorher haarklein wissen wollte, was am Tag so los war. Im Moment war das Eigentliche für Marie, dass sie ihrer Mutter die wunderschöne Halskette nicht zum Geburtstag schenken konnte. Denn als sie ihre Schulden bei Ivo bezahlt hatte, blieben ihr noch genau 53 Cent. Ivo ist Maries kleiner Bruder. Eigentlich ist er richtig nett, uneigentlich nimmt er alles sehr genau und ist fürchterlich sparsam. Dazu kommt noch, dass er sehr neugierig ist. Ihm entgeht nicht das kleinste Wort; er findet noch das geheimste Versteck.

»Ich muss immer höllisch aufpassen, damit er nicht hinter meine Geheimnisse kommt«, erzählt Marie ihrer Freundin.

»Der rechnet mir noch glatt vor, was wir auf dem Freimarkt ausgegeben haben.«

Zum Glück war ihr dann die Idee mit den Gutscheinen gekommen. Sie bemalte sie und legte sie in eine mit Goldpapier und Glanzbildern beklebte Schachtel: 3 x Sonntagsfrühstück, 2 x Staubsaugen, 5 x Abwaschen, 2 x Schuhe putzen und 4 x Einkaufen.

Marie kommt zum Eigentlichen

Um aufs Eigentliche zu kommen, Maries Mutter löste ihren ersten Gutschein überraschend schnell ein. Sie schickte ihre Tochter einkaufen. Es war ziemlich kalt, nieselte und wurde auch schon dämmrig. Marie hatte keine rechte Lust, auch nur ihre Nase aus dem Fenster zu stecken. Aber ein Geschenk ist ein Geschenk! Sie lief los und schnappte sich im Supermarkt einen Einkaufswagen. Zuerst beachtete sie den Zettel darin gar nicht, nahm ihn schließlich aber doch in die Hand. Auf der einen Seite stand mit Bleistift in ziemlich wackeliger Schrift: 1 Bund Möhren, Zahnpasta, Papierservietten, Ziegenkäse. Auf der anderen Seite stand nichts weiter als: *Atlantis Nr. 9*, aber akkurat und mit Tinte geschrieben.

Das Papier war gelb und stammte von einem kleinen quadratischen Block, wie einer auf Maries Schreibtisch zuhause liegt. Der Zettel war zweimal gefaltet und ziemlich knittrig. Wahrscheinlich wusste Marie selbst nicht, warum sie daran schnupperte. Als er ihr aus der Hand fiel, ließ sie ihn einfach liegen.

»Du hast da was verloren.« Lächelnd hielt ihr ein Mann den Zettel hin. War das eine Aufforderung? Jetzt steckte sie ihn in ihre Jackentasche. Die Notiz auf der Rückseite faszinierte sie, und sie wollte später in Ruhe darüber nachdenken. Die ganze Zeit während des Einkaufs sagte sie es wie eine magische Formel vor sich hin: *Atlantis Nr. 9*, und rätselte über die Bedeutung nach. Es benebelte sie wie ein Zauberformel. Vielleicht war es eine geheime Botschaft, der Treffpunkt einer Bande?

Marie trottete nachhause. Drei Kilo Kartoffeln, sechs Eier, ein Liter Milch, zwei Zitronen und ein Paket Mehl waren ganz schön schwer.

Hast du auch nichts vergessen?

Anstatt zu antworten fragte Marie: »Mama, was fällt dir bei dem Wort Atlantis als erstes ein?«

»Warum?«

»Nur so« Man soll seine Probleme besser allein lösen, Erwachsene komplizieren nur alles.

»Hast du auch nichts vergessen?«, fragte ihre Mutter noch einmal.

»Ich bin doch nicht von gestern«, gab Marie beleidigt zurück.

»Da, bitte, Backpulver und Vanillezucker fehlen.«

»Ach, ich bin froh, dass ich nicht Möhren, Zahnpasta, Papierservietten und Ziegenkäse gekauft habe«, murmelte sie.

»Wie bitte? Führst du Selbstgespräche?«

»Ja!«

Wieder in ihrem Zimmer schnappte sich Marie ein Lexikon. *Atlant*, kraftvolle Männerfigur anstelle einer Säule, *Atlanta*, Hauptstadt von Georgia, USA. Da, *Atlantis*, sagenhaftes Inselreich mit hoher Kultur, durch Naturkatastrophe versunken. Marie überlegte, Atlantis im Atlantik versunken? Nr. 9, worauf die Zahl sich auch immer bezog, in 800 Meter Tiefe zwischen Riesenkraken, Korallenriffen und uralten Tempelruinen? Oder war ein U-Boot gemeint, ein Spionageaufklärungsschiff, das es zu bergen galt? Immer wieder wurden auch heute noch alte Handelsschiffe mit kostbarem chinesischem Porzellan oder mit Schmuck und Münzen geborgen. Marie zog den Zettel aus der Jackentasche. Sicherlich wäre es am besten, wenn sie das Gekritzel einfach in den Papierkorb würfe, denn es ging sie ja wirklich nichts an. Warum war die Schrift auf der Rückseite des Einkaufszettels eine ganz andere als auf der Vorderseite? Die kurze Notiz war mit blauer Tinte geschrieben, war auch viel kleiner und sehr sorgfältig ausgeführt; also musste es sich doch um etwas Wichtiges handeln. Marie war einfach zu neugierig und konnte sich nicht von dem Zettel trennen.

Als ihre Mutter in ihr Zimmer kam, um sie zum Abendessen zu rufen, sah sie zuerst auf das aufgeschlagene Lexikon und dann auf ihre Tochter. Die kaute auf ihrem Stift. Aber ihre Mutter sagte nicht wie erwartet: »Marie, deine armen Zähne«, sondern schaute ganz gerührt auf die Bücher auf dem Schreibtisch und meinte »Warum hast du mir denn nicht gesagt, dass ihr so viel Schulaufgaben aufhabt. Dann wäre ich doch selbst einkaufen gegangen.«

»Ach, nicht der Rede wert«, lächelte Marie und genoss den Duft von Apfelpfannkuchen, der jetzt in ihr Zimmer drang. Später im Bett, als sie lauschte, wie der Wind den Regen gegen die Scheiben trieb, und sie sich in die warmen Kissen kuschelte, dachte Marie bevor sie einschlief: morgen, ja morgen werde ich zusammen mit Laura alles aufklären. Schon wanderte sie über einen großen Platz, im grünlichen Licht schwankten die Gebäude unter einer leichten Brise. Die Domglocken läuteten, aber so leise wie von einer Spieluhr. Da schwamm der Organist aus dem Domportal, und da war ihre Klasse.

»Laura«, rief sie. Die schien sie nicht zu hören. Ach ja, stimmt auch, in 800 Metern Tiefe wurden die Töne und Geräusche ja vom Wasser verschluckt.

Die Clique

Am nächsten Morgen konnte Marie es kaum erwarten, Laura alles brühwarm noch vor der ersten Stunde zu berichten. Aber die war überhaupt nicht beeindruckt und meinte nur: »Na und, wo liegt der Witz?« Manchmal findet Marie ihre beste Freundin entsetzlich fantasielos. In der großen Pause zog sie Lukas zu Rate und musste feststellen, dass er genauso nüchtern war.

»Das ist gleich hier um die Ecke«, stellte er kühl fest.

»Was?«, fragte Marie.

»Na, das Atlantis. Da hab ich gerade *Hände weg von Mississippi* gesehen.«

»Ja, und natürlich warst du es, der mir diesen Zettel in den Einkaufskorb geschmuggelt hat«, sagte Marie bissig und irgendwie enttäuscht, dass die Sache sich so einfach auflöste.

»Aber zeig doch mal Marie, und sei nicht gleich eingeschnappt. Nr. 9 werden wir natürlich untersuchen, das kann doch nur der Sitzplatz sein. Vielleicht hat da ein Dieb etwas Kostbares deponiert.« Das war schon eher nach Maries Geschmack.

»Aber die lassen uns doch niemals rein«, meinte Laura.

»Wir müssen uns natürlich etwas einfallen lassen. Ich sag ihnen einfach, ich hätte meine neuen Handschuhe vergessen und dürfte mich ohne sie nicht nachhause wagen«, schlug Lukas vor. Gerade als die Sache noch interessant zu werden versprach, gongte es zum Pausen-Ende. Die beiden nächsten Stunden waren die reine Qual. Die Minuten schlichen dahin, und die Briefchen wanderten zwischen ihnen hin und her. Laura schrieb: Auf nach Atlantis! Lukas antwortete: Je eher, umso besser! Und Marie freute sich, mit den beiden zusammen etwas so Unerwartetes zu unternehmen.

Am Nachmittag verabredeten sie sich kurz vor 16.00 Uhr vor dem Atlantis in der Böttcherstraße, bevor die Nachmittagsvorstellung im Kino begann. Alle drei waren etwas kribbelig. Mitten in ihre Beratung platzte plötzlich Herr Niemeier, ihr Mathelehrer: »Ach nee, unser dreiblättriges Kleeblatt will sich einen Kinobesuch genehmigen. Doch da werdet ihr nicht reinkommen. Da müsst ihr noch ein paar Jährchen dazu legen.«

»Aber wir schauen uns doch nur die Backstein-Architektur von Hoetger an«, versetzte Lukas mit Unschuldsmiene.

»Na, dann noch viel Spaß«, grinsend verschwand Niemeier in Richtung Marktplatz.

Sie stiegen die Treppe zum ersten Stock hinauf und im Foyer des Kinos spulten sie ihr Verslein ab.

»Unsere Reinmachefrau gibt alle Fundsachen ab, Handschuhe waren nicht dabei«, sagte die Kassiererin mit abweisender Miene. Sie war sehr beschäftigt, weil sie neben dem Kartenverkauf die Espresso-Maschine bediente und Getränke ausschenkte. Da sich Lukas nicht vom Fleck rührte, fragte sie aber doch noch: »Wo hast du denn gesessen?«

»Auf Platz Nr. 9«

»Und in welcher Reihe?«

»Ö, hm, so ungefähr in der Mitte«, druckste Lukas.

»Damit kann ich nichts anfangen, da alle Reihen Plätze von Nr. 1 bis Nr. 11 haben«, meinte die Kassiererin und wollte sich jetzt endgültig abwenden. Die Unglücksmienen der Kinder schien sie doch noch einmal umzustimmen und sie flüsterte fast: »Dann aber husch, rein mit euch. In zehn Minuten fängt die Vorstellung an.«

Spürhunde können es nicht besser

Zum Glück ist der Kinosaal klein, geradezu winzig. Er hat nur acht Sitzreihen mit je elf blutroten Sesseln und einem Vorhang in der gleichen Farbe vor der Leinwand. Die Decke und die Wände sind grau gestrichen und auf dem Fußboden liegt ein dunkelgrauer Teppichboden.

»Es muffelt hier nach Mottenkugeln«, Laura rümpfte die Nase.

»Lukas, du fängst vorn an zu suchen, Laura, du in der Mitte, und ich werfe mich auf die beiden hinteren Reihen«, kommandierte Marie.

»Also los und schnell, die Gelegenheit bekommen wir nicht wieder.« Marie arbeitete sich nach vorne, immer in jeder Reihe Nr. 9 im Visier. Schon näherte sie sich Laura, die auf der Erde herumkroch. Sie hielt zwei Bonbons und eine Brille in die Höhe. Lukas wurde auch fündig und zeigte einen Euro vor, nur Marie fand nichts.

»Aber seid ihr auch sicher, dass die Gegenstände etwas mit Nr. 9 zu tun haben?«

»Nein, sie lagen nur in der Nähe.«

»Wir können die Sitze doch nicht aufschlitzen. Bei dieser Beleuchtung sieht man ja auch kaum etwas«, maulte Lukas übellaunig. Die Kassiererin steckte den Kopf zur Tür hinein: »So, Schluss jetzt, die ersten Besucher wollen herein.«

»Ja, bitte, noch zwei Sekunden, dann verschwinden wir«, bat Marie.

»Mein Vater wird so leicht gewalttätig«, murmelte Lukas mit verlegenem Gesicht. Schweigend zog sich der Kopf zurück. Jetzt schnell nochmals unter die Sitze fühlen, vielleicht ist etwas darunter geklebt oder befestigt, wir sollten auch noch mal in die Flaschenhalter schauen«, sagte Marie »und die Seitenwände abfühlen.«

»Igitt Kaugummi«, angewidert verzog Laura das Gesicht.

»Das ist doch Unsinn, da rutscht doch seitlich alles gleich auf den Boden. Aber an den Rückseiten der Sitze gibt es eine Tasche. Wir müssten also noch in 88 Taschen fühlen.« Laura hatte schon rot glühende Wangen. Und da, gerade als sie es aufgeben wollte und Marie zum vierten Mal in Reihe 8 den Sitzplatz Nr. 9 untersuchte, fand sie etwas. Es steckte wahrhaftig in der rückwärtigen Tasche. War *Es* ein Manuskript, Heft oder eine Mappe? Egal, Marie hielt die Trophäe kurz hoch, stopfte sie in ihre Jacke und zog den Reißverschluss bis zum Kinn hoch.

»Na, hattet ihr Glück?«, fragte die Kassiererin ein wenig besorgt. Sie hatte jetzt alle Hände voll zu tun mit dem Kartenverkauf.

»Ja, danke«, rief Lukas fröhlich und hielt sich ein wenig im Hintergrund, als er seine alten Handschuhe durch die Luft schwenkte. Laura lieferte noch schnell die Brille ab und schon waren sie wieder draußen auf der Straße.

»Zeig her!«

Die beiden zerrten an Marie. Die tat erst einmal so, als ob der Reißverschluss klemmte und ließ sie eine Weile zappeln. Das Tageslicht hatte inzwischen stark abgenommen; es nieselte schon wieder. Schade, für ihren Auftritt hätte Marie sich jetzt noch den Londoner Nebel und ein paar herumschleichende dunkle Gestalten gewünscht, die ihnen ihren Fund streitig machen wollten. Ob es ein wertvolles Manuskript war? Laura wies auf eine Straßenlaterne. Dort nahmen sie *Es* in Augenschein. Marie entfaltete ein hellgraues dickes Papier. Es war ganz eindeutig eine Karte. Sie war handgeschrieben, denn die blaue Tinte, mit der sie beschriftet war, bekam sofort verlaufende Wasserflecke.

»Vorsicht, sonst können wir nichts mehr entziffern und alles war für die Katz«, rief Lukas. So steckte Marie den Fund erst einmal wieder ein und sie berieten, wo sie ihn in Ruhe studieren konnten.

Zuhause würden sie vielleicht mit Fragen bedrängt, und im Grunde gehörte er ihnen ja auch gar nicht.

»Setzen wir uns in die Stadtbibliothek, dort haben wir es warm und gemütlich, und so in aller Öffentlichkeit können wir uns viel unbeobachteter besprechen«, meinte Laura.

»Dazu macht es noch einen guten Eindruck, wenn wir unsere *Architekturstudien* ergänzen. Wenn Niemeier uns doch bloß sehen könnte«, witzelte Lukas. »Von jetzt ab sollten wir uns Spurenjäger nennen«, setzte er hinzu.

»Abgemacht!«

Klecksographie mit Fragezeichen

Fassungslos und stumm betrachteten die Kinder die ausgebreitete Karte. Sie war bedeckt mit kleinen Ziffern, Zeichen, Zahlen, Punktierungen und Abkürzungen. Wie eine Schatzkarte sah sie nicht gerade aus, und der Nieselregen hatte in der kurzen Zeit mehr Schaden angerichtet als ihnen lieb war. Das erneute Zusammenfalten hatte den Rest besorgt, die Hälfte war unleserlich geworden. Lukas fasste sich als Erster: »In jeder Geschichte kommt eine Schatzkarte vor. Das brauchen wir doch nicht zu wiederholen. Diese hier mit den langen Linien sieht eher wie eine Straßenkarte aus. Vielleicht gehört sie einem Ingenieur und auf ihr ist bloß die Kanalisation eingezeichnet. Ich möchte trotzdem eine Kopie davon machen.«

»Dann mach für mich gleich eine mit«, meinte Laura. Auf der Kopie sah man fast mehr als auf dem Original.

»Verflixte Zwergen-Schrift, so eine Mini-Schrift würde Herr Nordsiek uns nicht durchgehen lassen. Ich werde mir bei meiner Großmutter die Leselupe leihen«, stellte Laura fest.

»Aber doch präzise und schwungvoll wie auf meinem Zettel«, fand Marie. Sie verglich, was von der Schrift noch übrig geblieben war, mit ihrem gelben Zettel. Die Tinte hatte das gleiche Königsblau.

»Marie, eben konntest du noch gar nichts entziffern und jetzt stellst du schon Schriftvergleiche an.«

»Ja, ich fürchte nur, dass die Karte im Kino vergessen wurde, zeigt, dass sie für den Täter nicht so wichtig ist.«

»Was für ein Täter? Marie, du fantasierst«, erregte sich Laura.

»Erst die Karte, dann den gelben Einkaufs-Zettel vergessen. Dann ist es eben ein zerstreuter Professor.«

»Was für ein Professor? Studieren wir lieber die Karte. Vielleicht kommt uns ja noch eine Idee, die Hand und Fuß hat.«

»Lukas, du bist so still, langweilst du dich?«

»Im Gegenteil! Ich überlege die ganze Zeit, ob dieses D – falls es denn ein D ist – nicht für Dom steht, das P für Post, G für Glocke, R für Rathaus und M für Marktplatz.«

»Schön, aber ebenso könnte D für Deutschland, P für Polen. G für Großbritannien R für Rhodesien und M für Moldawien stehen. Oder nicht?«

»Nicht!« Lukas feuerte Laura die Antwort nur so an den Kopf.

»Guck dir doch die Anordnung an. Genauso liegen die Gebäude um den Marktplatz hier in Bremen. Und es geht noch weiter, wenn ich richtig lese, stehen B^1, B^2, B^3, B^4 für die Banken in der Nähe.«

»Du könntest glatt Touristenführer werden.«

»Ich finde die Lösung von Lukas ganz einleuchtend«, sagte Marie.

»Bekomm du das erst einmal heraus. Jetzt müssen wir noch wissen, wer die Karte hergestellt hat und zu welchem Zweck das geschah. Komisch, mein Auge bleibt jetzt immer an den »Banken« kleben. Vielleicht wird es ja noch richtig gefährlich. Vielleicht kommt das richtig Aufregende schon bald, und wir schleichen durch Katakomben, geheime Grüfte, Grotten, klettern auf Schwindel erregenden Wendeltreppen in Türmen, flüchten vor Mafia-Bossen, die uns unser Geheimnis entreißen wollen …«

»Was für ein Geheimnis? Aufwachen Marie! Du sitzt in Bremen in der Stadtbibliothek. Für heute sollten wir nachhause gehen, und morgen sehen wir weiter, sonst komme ich noch um vor Hunger.«

»Ok«, grinste Lukas, »solange wir nicht durch die stinkende Kanalisation kriechen müssen, bin ich dabei!«

Mit Speck fängt man Mäuse

»Wenn die Karte nicht wichtig ist, haben wir eben Pech gehabt. Sonst ist vielleicht eine Belohnung für den ehrlichen Finder ausgesetzt. Ich versuche, das rauszufinden und schaue morgen noch einmal diskret beim Atlantis vorbei«, schlug Lukas vor.

Als er am Nachmittag wieder vor der gleichen Kassiererin stand, hatte er ein mulmiges Gefühl im Magen, wegen seiner Lügengeschichte. Es war gut, dass sie seinen Vater nicht kannte, der wirklich sehr gutmütig war. Die Frau mit dem strengen Blick erkannte ihn sofort wieder und fragte ein wenig spitz, ob er diesmal vielleicht seine Mütze vergessen hätte.

»Nein, ich habe gestern noch einen Euro gefunden, und weil sie so viel zu tun hatten, konnte ich ihn nicht abgeben. Und dann wollte ich noch fragen, ob die alte Dame ihre liegengelassene Brille abgeholt hat.«

»Woher weißt du, dass es eine alte Dame ist?«

»Die Brille sah so altmodisch aus, und da dachte ich mir …«

»Falsch gedacht, die Brille ist hochmodern und wurde von einer ganz jungen Dame abgeholt. Aber das geht dich eigentlich nichts mehr an. Hast du sonst noch etwas auf dem Herzen. Oder warum druckst du so herum?«

»Ja, ich wollte noch sagen, ich dachte mir, es ist nur, weil Sie doch so viel Arbeit haben, und weil Sie gestern so nett zu uns waren, möchte ich Ihnen diese Rose mit vielen Grüßen von meinen Freundinnen geben.«

»Oh, das ist aber lieb von euch. So etwas kommt selten vor, vielen Dank. Wo geht ihr drei denn zur Schule?«

»St. Johann.«

»Ja, die hat einen guten Ruf, da lernen die Kinder noch was.«

»Sicherlich erleben Sie hier an der Kasse viele seltsame Geschichten!?«

»Das kann man wohl sagen.«

»Auch gefährliche?«

»Nein.«

»Vergessen die Leute denn oft etwas?«

»Ja.«

Verflixt, so komme ich nicht weiter, dachte Lukas und versuchte es noch einmal.

»Werden auch wertvolle oder wichtige Dinge verloren? Oder wird manchmal Finderlohn ausgesetzt?«

»Selten. Manchmal denken die Leute, sie hätten bei uns ihren Ausweis verloren, und wenn er sich dann nicht finden lässt, werden sie frech. Da fällt mir übrigens doch etwas Seltsames ein, was meine Kollegin von der Abendvorstellung mir erzählt hat. Gestern, nachdem ihr nachmittags hier wart, hat sich ein Mann ganz intensiv nach Sitz Nr. 9 erkundigt. Er wusste auch noch, dass er in der letzten Reihe gesessen hat; er meinte, er hätte dort eine wichtige Unterlage vergessen. Das Kino war aber schon besetzt, und er konnte nicht mehr reingelassen werden. Er soll sich ziemlich angestellt haben. Aber nachdem ihr ja schon zu dritt so gründlich gesucht habt, hätte er wahrscheinlich sowieso nichts mehr gefunden. Die Leute irren sich häufig. Man kann auch woanders als im Kino etwas vergessen.«

»Wie sah denn der Mann aus?«, platzte es aus Lukas heraus. Er hätte sich am liebsten die Zunge abgebissen, wie kann man nur so dusselig sein! »Ich habe ihn ja nicht gesehen. Aber das ist zum Beispiel so eine merkwürdige Geschichte, dass zwei unterschiedliche Personen meinen, auf Platz Nr. 9 am gleichen Tag, im gleichen Film etwas vergessen zu haben. Aber sag mal, warum interessiert dich das denn?« Sie beäugte Lukas misstrauisch. Dem war es inzwischen ziemlich unbehaglich geworden, aber er nahm allen Mut zusammen und antwortete: »Es interessiert mich, weil Herr Nordsiek, unser Klassenlehrer, immer sagt, die Alltagsgeschichten wären viel besser als die in den Büchern. Die müsst ihr euch erzählen lassen – oder besser noch – sie selbst erleben. Seid neugierig, sagt er immer. Demnächst haben wir sogar die Aufgabe, einen Erlebnisbericht zu schreiben, der nicht erfunden sein darf.«

»Ja, ich sag's ja, die St. Johannisschule … So, jetzt muss ich aber, tschüss und nochmals schönen Dank für die Rose.«

Am Ausgangspunkt

»Na bitte, jetzt habe ich einen Drehwurm.«

»Ich auch.«

»Zum dritten Mal umrunden wir jetzt den Dom und das Rathaus.

»Aber es hat sich gelohnt, glaube ich.«

»Wieso, Lukas, was meinst du?«

»Wir waren uns doch einig, dass das unleserliche Wort auf der Karte Ausgangspunkt heißt. Dann entzifferten wir noch Brunnen und Put… mit Flö… Kommt doch einmal hier auf meine Seite, und was seht ihr?« In Maries Kopf machte es klick.

»Da oben auf dem Brunnen ist ein Kind mit einer Flöte«, rief sie aufgeregt.

»Ein Putto, so nennt man solche kleinen Nackten«, ergänzte Lukas. Und während Marie noch dachte, das werde ich in meinem Lexikon überprüfen, rief Laura aufgeregt: »Und da unten steckt etwas Gelbes zwischen den Steinplatten der oberen Treppenstufe.« Sie fuhr schon mit der Hand in die Richtung.

»Halt«, rief Marie.

»Vielleicht ist es vergiftet.«

»Du spinnst, Marie. Da es das gleiche gelbe Papier zu sein scheint, das wir schon kennen, können wir es uns ruhig mal ansehen«, sagte Lukas.

»Vorher werfen wir alle noch eine Münze in den Brunnen, das soll Glück bringen. Aber man kann sich nur etwas wünschen, wenn man Münzen rückwärts über die linke Schulter in den Brunnen wirft. Und dann darf man den Wunsch keinem verraten, sonst geht er nicht in Erfüllung«, meinte Marie. Laura ergänzte: »Außerdem soll man dann im Leben immer wieder an diesen Ort zurückkehren.«

»Richtig, deshalb werfen einige Leute, die Grund haben zu verduften, ja auch keine Münze hinein«, lachte Lukas.

In winziger Schrift mit blauer Tinte stand auf dem Zettel: *Schau auf die Turmuhren. Vergleiche die Uhrzeit und merke sie dir. Geh morgen zur gleichen Zeit zur gleichen Treppenstufe am Marcus-Brunnen. Warte auf meine Anweisung.* Darunter prangte eine verschnörkelte, wirklich absolut unleserliche Unterschrift.

Was sollten sie davon halten? Sollten sie sich darauf einlassen? Sie waren doch gar nicht gemeint. Im Grunde waren sie keinen Schritt weiter gekommen, wussten weder von wem, noch wozu das alles taugte.

»Es ist eben erst ein Ausgangspunkt. Wir wollen die erste *Anweisung* (und dabei rümpfte sie die Nase) abwarten. Dann können wir uns immer noch entschließen aufzuhören«, entschied Laura. Die beiden anderen schlossen sich ihrer Meinung an, und Marie meinte noch, dass das jetzt eine Prüfung wäre, ob sie auch zuverlässig wären. Aber die anderen fanden das wieder übertrieben.

»Dann sollten wir jetzt aber auch endlich auf die Uhren schauen und zwar auf die Turmuhren. Damit kann doch bloß der Dom-Turm und der Turm der Liebfrauenkirche gemeint sein«, sagte Lukas. Die goldenen Ziffern und Zeiger der Uhren glänzten in der Luft. Sie schienen sich trotz des trüben Wetters von oben etwas mehr Licht zu holen. Auf beiden Uhren übereinstimmend war es 16.18 Uhr.

»Genau dann habe ich morgen Klavierunterricht«, schmollte Laura.

»Wir werden dir alles berichten«, versprach Marie ihr.

»Übrigens, wusstet ihr schon, dass der Brunnen Marcus-Brunnen heißt?«

Was geht hier vor sich?

Pünktlich um 16.18 Uhr bog Marie um die Liebfrauenkirche und rannte auf den Marcus-Brunnen zu. In Rekordzeit von sieben Minuten hatte sie den Weg vom Wall, wo sie wohnte, bis hierher geschafft. Sie erkannte Lukas an seiner roten Mütze schon von weitem. Das war sein Markenzeichen: Im Sommer rote Haare, im Winter rote Mütze.

»Na, endlich, Marie!«, rief er.

»Ich konnte es kaum noch abwarten.« Seine grün-braunen Augen sprühten vor Ungeduld. Das war sein zweites Markenzeichen, und es bedeutete, dass er gespannt war wie ein Flitzebogen.

»Was meinst du?«, fragte Marie fassungslos, denn die Treppenstufen waren mit Tüten, Zeitungen, Flaschen und verschiedenen kleinen Gegenständen belegt. Sollte das eine Botschaft oder ein Hinweis sein, oder hatte hier nur eine Gruppe gepicknickt? Wie sollten sie da die richtige Spur finden? »Kümmern wir uns nicht um den ganzen Müll und gehen wir nur zu »unserer Treppenstufe«, sagte Lukas. Zunächst fanden sie nichts. Sollte ihnen jemand zuvor gekommen sein? Heute war so viel los, und alle hatten es eilig. Aber dann bemerkten sie, dass an der gleichen Stelle, an der sie gestern den gelben Zettel gefunden hatten, ein grauer, schmaler Stein eingefügt war. Nie hätten sie den entdeckt, wäre es nicht derselbe Spalt zwischen zwei Steinplatten gewesen, in dem gestern der gelbe Zettel gesteckt hatte. Marie zog den schmalen Stein heraus und musste dazu ihr Taschenmesser zu Hilfe nehmen; dahinter schimmerte etwas Weißliches. Es war ein zusammengerolltes Blatt Papier mit karierten Linien wie aus einem Schulheft. Marie schnupperte daran, denn ihr fiel sofort der Zigarettengeruch auf.

»Zigarre«, verbesserte Lukas, »so riecht es bei meinem Großvater.«

Marie entrollte das zerknitterte Papier. Diesmal stand ziemlich viel auf der *Anweisung*, und zwar mit Schreibmaschinenschrift und wie Lukas gleich feststellte: »Mann, das ist ja ein ganzer Roman, natürlich ist es Tarnung, denn wer schreibt heute nicht am Computer? So gibt es keine Beweisspuren auf der Festplatte.« Sie lasen:

Liebe Dreierbande!
Ihr seid entdeckt! Sofern ihr die Spielregeln einhaltet und ihr eure Aufgaben zu unserer Zufriedenheit erledigt, geschieht euch nichts, auch wenn ihr euch ein fremdes Schriftstück angeeignet habt.

Für heute Folgendes: Beim Uhrenvergleich habt ihr schon die Blickrichtung nach oben eingenommen. Bleibt dabei! Schaut euch die »Häuser« auf den Gebäuden rund um den Markt an. Sie bilden eine Stadt im Kleinen mit Türen, Fenstern, Balkonen und Türmchen in der Luft. Geht dann zum größten Rathausbalkon. Nehmt das Haus auf dem Haus ins Visier. Es ist von zwei kleinen Balkonen flankiert. Darunter steht links und rechts die Jahreszahl 1612. Setzt euch genau in der Mitte des Giebels unter die Arkaden, auch Ratslaube genannt – nein, nicht in den Papierkorb -, sondern auf die rechte Steinbank. Von dort schaut ihr direkt auf die Handelskammer, auch Schütting genannt, ganz oben seht ihr die Silhouette vom Neptun mit dem Dreizack. Übermorgen, also Freitag um die gleiche Stunde, überquert ihr den Platz. Im Maul eines der vier Löwen unten an der Treppe dieses Gebäudes findet ihr den nächsten Auftrag.

Unterschrift (mit blauer Tinte unleserlich)

Sprachlos sahen sie sich an und brachen in Gelächter aus. Sollten sie das ernst nehmen, und hatten sie nichts Besseres zu tun? Wer führte sie da mit *Anweisungen*, auch *Aufträge* genannt, an der Nase herum? Andererseits standen sie jetzt unter Beobachtung, hielten nicht mehr allein alle Fäden in der Hand.

»Es ist gut, dass wir noch zwei Tage Zeit haben und zwei Nächte in Ruhe darüber schlafen können, wir brauchen nichts zu überstürzen«, meinte Lukas. Das war sein drittes Markenzeichen: Kommt Zeit, kommt Rat.

»Wir könnten doch am Freitag einfach die Karte ins Löwenmaul stopfen, dann wären wir sie los und brauchten uns nicht mehr um die Sache zu kümmern«, schlug Marie vor. Aber sie fanden beide, dass das keine Lösung war. Außerdem wollten sie wissen, wer und was dahinter steckte, und Laura hatte auch noch ein Wort mit zu reden. Diesmal überließ Marie Lukas den Schrieb, irgendwie mochte sie ihn nicht mit nachhause nehmen.

Auf dem Heimweg schaute sie sehr oft nach oben. Das war viel spannender, als sie erwartet hatte. Neben den vielen »Häuschen« mit Säulen und Zinnen auf den Gebäuden, gab es eine ganze Bevölkerung von Tieren, Figuren, Masken und merkwürdigen Gestalten. Wieso hatte sie die früher nie gesehen? Die waren doch immer schon da gewesen und trotzdem für sie unsichtbar.

»So pass doch ein bisschen auf, Fräulein Guck-in-die-Luft.«

»Oh, Entschuldigung«, beinahe wäre Marie in ein Fahrrad gerannt. Der Fahrer drohte ihr mit dem Finger. Ihr Nacken war steif, die Finger klamm und ihre Ohren schmerzten vor Kälte. Ich hätte besser auch eine Mütze aufsetzen sollen, dachte sie. Trotzdem musste sie immer wieder nach oben schauen; wenn sie jetzt doch ein Fernglas hätte. Diese kleine Fratze da oben, neben der Blumengirlande, würde sie gern einmal aus der Nähe sehen. Dieser Wasserspeier auf dem Rathaus, hatte der nicht einen Drachenkopf?

Doch inzwischen freute sie sich auf den heißen Tee zuhause, meistens gab es bei ihrer Mutter auch etwas aus der Schnoor-Bäckerei dazu. Am liebsten mochte Marie das Kaffeebrot und die Zimtbaisers.

Mittwoch

Ich bin fürchterlich müde, aber ich habe das Licht noch mal angemacht und schreibe noch etwas im Bett. Von wegen die Nacht in Ruhe darüber schlafen können. Eben musste ich mich von links nach rechts und wieder zurück wälzen. Beinahe hätte ich mich auch noch beim Abendbrot verplappert. Es geht mir nicht aus dem Kopf, dass nicht nur Merkwürdigkeiten in der Mitteilung stehen. Es ist auch eine eindeutige Drohung in ihr enthalten. Um mich zu beruhigen, streichele ich Mäxchen. Sonst wird er verjagt, wenn er auf mein Bett springt. Hätte ich den gelben Zettel damals lieber im Einkaufskorb liegen lassen sollen? Ist er irgendwie verhext?

Als Marie ihr Tagebuch zur Seite legte, fielen ihr schon fast die Augen zu. Doch blitzartig schoss ihr das Wort TEST durchs Hirn. Für den Englisch-Test morgen hatte sie sich nur ziemlich flüchtig vorbereitet. Vielleicht fiel er ja aus, weil Frau Siebert krank war; nein, dann kam bestimmt eine Vertretung zur Aufsicht. Es half alles nichts, sie musste sich eben noch ein bisschen näher neben Laura setzen … Vor kurzem hatte sie gelesen, dass das Wiederholen zehn Minuten vor dem Schlafengehen das Wichtigste beim Lernen wäre. Dann habe ich eben beim Blick ins Buch ja das Wichtigste getan, dachte sie. Mit bleischwerem Arm stopfte sie ihr Vokabelheft unters Kopfkissen. Beim Einschlafen schwirrte ihr der Kopf: *teach, taught, taught; swim, swam, swum; stride, strode, stridden; speak, spoke, spoken; throw, threw, throooooown …*

Marie wundert sich über sich selbst

Schon auf dem Schulweg am nächsten Tag bekam sie wieder Lust, ihre Augen über die Dächer spazieren zu lassen. Es war ein ganz neues Gefühl für sie, auch noch ein Leben außerhalb der Schule und ihrer Familie zu haben, irgendwie prickelnd, unüberschaubar …

was und wer auch immer hinter dieser »Zettelwirtschaft« stehen mochte, sie machte seitdem täglich neue Entdeckungen, wenn sie zum Einkaufen ging oder einfach nur durch die Stadt schlenderte. Noch bei dem kleinsten Gang hielt sie ihren Blick auch auf die Dächer gerichtet.

Jetzt lag Marie mit halb zugekniffenen Augen im Bett. Sie wollte noch nicht einschlafen, sondern alles überdenken. Auf den angezogenen Knien hielt sie ihr Tagebuch.

Donnerstag
Ich nehme mir vor, am Ball zu bleiben, selbst wenn Laura und Lukas abspringen sollten. Wir haben uns heute in der Schule fürchterlich gestritten. Sie haben sich schon im Voraus über die nächsten Aufträge lustig gemacht und Laura meinte, dass wir vielleicht demnächst bei Vollmondschein unter den Pflastersteinen auf dem Domshof nach neuen Hinweisen graben sollten. Lukas sagte, dass wir besser noch unter den Kupferschindeln vom Rathausdach Mäuse jagen sollten. Beide wollen den Blödsinn nicht mehr mitmachen und ich sollte doch morgen Nachmittag allein zur »Löwenfütterung« gehen. Als ich richtig wütend wurde, meinten sie, ich wäre eine romantische Kuh. Es blieb mir doch gar nichts anderes übrig als sie fantasielose Affen zu nennen. Danach würdigten wir uns keines Blickes mehr und gingen nach der Schule, ohne uns zu verabreden, getrennt nachhause. Sonst gehen wir immer ein Stück zusammen, denn Laura wohnt doch in der Franziskanerstraße und Lukas direkt daneben in der Kolpingstraße. Jetzt bin ich mehr traurig als wütend. Aber mein Entschluss steht fest.

Marie begann sich sogar zu wundern, warum sie bis jetzt nie den Wunsch verspürt hatte, einmal das Rathaus oder auf eigene Faust die Krypta im Dom zu entdecken. Wie konnte sie es voraussehen, dass sie sich plötzlich für alte Steine interessieren würde? Plötzlich fand sie es spannend, in einer historischen Stadt zu leben. Sie spürte, dass sich hinter jedem Mauervorsprung, in jedem Treppenhaus oder auf jedem Platz für sie unbekannte Geschichten eingenistet hatten. Sie wollte möglichst viel davon erfahren, bevor sich die Lust daran wieder verflüchtigen würde.

Natürlich machte es zu dritt einfach mehr Spaß. Aber sie machte auch allein weiter, weil sie unbedingt wissen wollte, in welche Richtung sich die Sache entwickelte. Von morgen ab werde ich meine Wege aufzeichnen und mir Notizen zu allen Vorfällen machen, nahm sie sich vor. Vielleicht entpuppt sich so eine verborgene Botschaft hinter den Aufgaben. Zum Glück kann Ivo noch nicht richtig lesen und mich vielleicht verraten, denn er schnüffelt gerne ein wenig in meinem Zimmer herum, überlegte sie.

Am anderen Tag machte Marie sich im Nieselregen nachmittags etwas früher auf den Weg und beobachtete die Handelskammer von weitem, ehe sie den Platz überquerte. Es strichen allerhand undefinierbare Leute herum. Machte sich jemand an den Löwenköpfen zu schaffen? Zu ihrem Erstaunen sah sie Laura und Lukas vor der Treppe stehen. Natürlich regnete es wieder und Lauras Kopf verschwand vollständig in ihrer Kapuze. Lukas, der ungeduldig von einem Fuß auf den anderen trat, hatte seine Mütze bis auf die Augenbrauen herab gezogen.

»Na endlich, wo bleibst du denn, Marie?«, riefen sie im Chor und lachten, als wäre nichts gewesen. Marie schluckte, und dann lachte sie auch. Sie schauten in die Löwenmäuler und sahen:

– Nichts. Erst als sie sich trauten, vorsichtig mit den Fingern hinein zu fühlen, fanden sie eine kleine Papierkugel. Da gab es doch die Geschichte mit dem Lügenmaul, das plötzlich zuschnappt und die Sache mit der abgebissenen Hand.

»Wieso Lügenmaul? Wahrheitsmund! So lautet die Geschichte«, sagte Laura.

»Und weiter?«, fragte Marie.

»Weiter weiß ich nicht. Nur, dass man schlafende Löwen nicht wecken soll.«

»Aber diese haben doch die Augen weit geöffnet«, stellte Lukas fest.

»Tja, bei Löwen ist es eben so, dass sie die Augen schließen, wenn sie wachen und sie offen haben, wenn sie schlafen«, schmunzelte Laura. Ob sie uns auf den Arm nehmen wollte? Ob unser Fund Abfall war?, fragte sich ihre Freundin.

Doch ohne weitere Fragen liefen die drei schnell schräg herüber zum Haus der Bürgerschaft und stellten sich unter. Es war jetzt nicht die Zeit für Sagen und Märchen. Marie trocknete ihre Hände am Taschentuch ab und strich den winzigen Schnitzel Papier glatt. Darauf stand in noch winzigerer Schrift ein einziger Satz mit königsblauer Tinte: *Augen auf, Montag am Roland!*

Marie sieht Gespenster

»Wir sollten besser noch einmal die Karte studieren. Ich habe den Verdacht, durch diese Spielchen sollen wir vom Eigentlichen abgelenkt werden. Warum macht sich jemand sonst die Mühe, uns hin- und herzujagen? Oder sind es mehrere? Vielleicht hat Marie recht. Wir sollten den Bs mehr Aufmerksamkeit schenken. Doch bei welcher Bank sollen wir anfangen?« Lukas war schon wieder mies gelaunt. Und Laura meinte: »Mir gefällt nicht, dass es diesmal keine Unterschrift gibt.«

»Es ist aber wieder in Königsblau und in der gleichen kleinen, schwungvollen Schrift«, wandte Marie ein.

»Doch, ich gebe zu, dass es kein richtiger Auftrag ist, eher ein Befehl.

»Da! Da!! Am Fenster ...«

»Marie fiebert 'mal wieder, aber deshalb brauchst du nicht gleich so aufzujaulen, dass alle auf dem Marktplatz zusammenzucken.« Laura hat manchmal einfach kein Feingefühl, dann werden ihre blauen Augen ganz hell und wässrig. Sie schüttelt ihre Mähne wirklich so, wie ein Pferd seinen Schweif hin- und herwedelt, und ihre Stimme klingt monoton wie aus dem Computer.

»Worum handelt es sich denn?« Lukas' Stimme dagegen klang bemüht teilnahmsvoll wie die eines Arztes am Krankenbett.

»Mit oder ohne Fieber habe ich es eine Sekunde lang gesehen. Ein heller Fleck wie ein Gesicht, das sich gegen das Gitter drückte, in dem zwei dunkle Augen direkt zu uns herüber starrten und uns beobachtet haben.« Marie wies auf ein Fenster, das sehr klein auf der riesigen Wand des Doms wirkte.

»Selbst auf diese Entfernung kann ich erkennen, dass es vor Dreck starrt, das ist alles«, meinte Laura trocken.

»Auf jeden Fall sollten wir etwas achtsamer sein. Selbst wenn Marie Gespenster sehen sollte, können wir uns nicht weiter so benehmen, als wären wir hier allein. Durch die gleiche Uhrzeit und die angegebenen Orte sind wir im Blickfeld von uns Unbekannten, vielleicht sind wir schon umzingelt, und Marie hat uns einen guten Hinweis gegeben.«

»Lieber Himmel, jetzt hat sich noch jemand mit dem Gespensterbazillus angesteckt.« Marie fand diese Bemerkung einfach öde und erwiderte nichts darauf.

»Bis zum nächsten Mal besteht unsere Aufgabe auf jeden Fall darin, dass jeder von uns sich einen Weg ausdenkt, wie wir etwas geschickter vorgehen könnten, um hinter das Geheimnis unserer Auftraggeber zu kommen. Wir müssen unbedingt herausbekommen, wozu sie uns benutzen oder vielleicht sogar missbrauchen wollen«, sagte Lukas streng.

»Ja, Kinder werden gern ausgenutzt, um durch Stollen und Luken zu kriechen, die für Erwachsene zu schmal sind, oder sie werden als Kundschafter ausgesandt, um Informationen einzuholen, die bei Erwachsenen verdächtig erscheinen, oder sie sollen …«

»das Herz von Gangstern rühren, weil sie so naiv und niedlich sind«, fiel Laura Marie ins Wort und rollte mit den Augen, die diesmal fast dunkelblau wurden. Dabei schaffte sie es noch, eine steile Falte auf ihrer Stirn entstehen zu lassen.

»Ach kommt, ich spendier uns eine heiße Waffel mit Kirschen, und nach dem Wochenende ist uns bestimmt etwas Gutes zu unserem Besuch beim Roland am Montag eingefallen. Wir können jetzt nicht mehr so einfach drauflos stürmen.«

»Ich komme verkleidet«, rief Marie und hängte sich bei Laura und Lukas ein.

Werden sie auf den Arm genommen?

Am Montag brauchte Marie sich nicht zu verkleiden. Sie weihte ihre neue Regenjacke ein. In der hatte sie noch niemand gesehen. Vormittags in der großen Pause hatten sie Folgendes verabredet: Marie sollte sich dem Roland zuerst nähern. Unter ihrer Kapuze sollte sie ihre Kappe ganz tief in die Stirn ziehen. Lukas wartete am Haus der Bürgerschaft und Laura am äußersten Ende hinter dem Rathaus. Abwechselnd wollten sie dann wie Touristen den Roland anstaunen und dabei nach Hinweisen suchen.

Am Nachmittag regnete es Bindfäden, außerdem war es sehr kalt. Maries Jacke bekam eine regelrechte Taufe und bewährte sich prima. Sie schlenderte um den Roland und konnte beim besten Willen nichts Verwertbares entdecken. Wie verabredet verschwand sie hinter dem Rathaus in Richtung Innenstadt. Nun war Lukas an der Reihe. Er hatte sich die wasserdichte Kinder-Kamera von Ivo umgehängt und trug ganz gegen seine Gewohnheit eine grüne Mütze, seine Nase versteckte er im Schal. Nach kurzer Zeit, in der er so tat, als wollte er eifrig im Regen fotografieren, trollte er sich wieder und Laura trat auf den Plan. Sie verbarg sich unter einem riesigen Regenschirm. Da sie nicht sehr groß ist, sah es wie ein wandelnder Pilz auf zwei Beinen aus. Sie hatten ausgemacht, sich nach fünfzehn Minuten vorne am Brötchen-Stand vom Kaufhaus zu treffen. Es war rappelvoll, denn etliche Leute wollten sich vor diesem kalten Guss einfach unterstellen. Aber das fanden sie nur günstig. Laura hatte wahrhaftig den roten Fausthandschuh mitgenommen, der auf dem Gitter steckte, das rund um den Roland läuft.

»Dass wir nicht auf die Idee gekommen sind!« Lukas und Marie sahen sich verdutzt an, als Laura einen zusammengefalteten

Briefumschlag herauszog. Er war verschlossen, trug weder Anschrift noch Absender. An wen war er gerichtet? Durften sie ihn öffnen?

Gemeinsam entschieden sie, ihn zu öffnen. Wenn sie merken würden, dass sie das Briefgeheimnis verletzten, weil er nicht für sie bestimmt war, würden sie den Brief samt Handschuh zurücktragen. Doch zuerst bot Marie den beiden ein Hustenbonbon an, vorbeugend, wie ihre Mutter sagen würde. Beim Öffnen des Umschlags mussten sie vorsichtig sein, denn nicht nur von ihren Jacken, auch von ihren Händen und Gesichtern tropfte es. Im Nu standen sie in einer richtigen Pfütze. Sie lasen:

Liebe Dreierbande,
diesmal kommt eine Bitte. Könnte einer von euch in der großen Pause einmal zum Gemüsemarkt rennen und der Marktfrau – sie trägt ein blaues Kopftuch und eine karierte, grüne Schürze – und sie steht am zweiten Stand in der ersten Reihe – folgendes ausrichten: Dienstagsbestellung wie jede Woche, an gleiche Stelle liefern.

Unterschrift unleserlich

»Ich glaub', ich werd nicht mehr. Das zieht einem glatt die Schuhe aus.«

»Die haben nicht alle Tassen im Schrank, dafür machen wir die ganze Vermummung«, nörgelten Lukas und Laura.

»Bemüht euch nicht, ich werde das machen«, sagte Marie, »denn ich bin zu neugierig und möchte wissen, wie es weiter geht. Nur, woher wissen sie, wo wir unsere große Pause verbringen?«

»Ich fürchte, die wissen noch mehr von uns, als uns lieb ist«, murmelte Lukas.

Die Marktfrau weiß mehr, als sie vorgibt

Montag

Heute war ich in der Pause auf dem Markt, um die »Dienstagsbestellung« aufzugeben. Natürlich trugen fast alle auf dem Markt Schürzen, meistens grüne. Die Kopfbedeckungen waren vielfältiger, von Pelzmützen, Stirnbändern bis zu Ohrenwärmern, die Laura neuerdings ear bags nennt. Das finde ich ziemlich affig. Niemand trug ein blaues Kopftuch, aber ich fand »meine« Marktfrau auch so. Sie nahm die Bestellung ganz selbstverständlich entgegen, nickte mir zu und fragte mich nach meinem Namen. Dann schenkte sie mir eine Apfelsine. Mist, jetzt ärgere ich mich, weil ich ihr meinen richtigen Namen genannt habe. Ich hätte lieber Lena oder Lilly sagen sollen; zu spät. Auch wenn es eine ganz freundliche Frau war, beantwortete sie mir jedoch nicht die kleinste Frage.

»Stammkunde« murmelte sie und wog weiter Grünkohl ab, als ich wissen wollte, für wen die Bestellung wäre. Obwohl ich schnell bin und sofort zurück flitzte, kam ich etwas zu spät aus der Pause und fing mir einen strafenden Blick von Frau Siebert ein. Ich glaube, sie war einfach sauer, dass ich meinen Test verhauen hab.

»It is a pity, Mary, really …« Warum war ich so unachtsam? Hatte die Marktfrau Stammkunde oder Stammkunden gemeint? Und unser nächster Auftrag? Wie geht es weiter? Fest steht, dass weder die Marktfrau, noch der »Stammkunde« ein Handy benutzen. Ungewöhnlich …

Inzwischen gab es so viele Fragezeichen, dass sie ganz schön aufpassen musste, nicht den Überblick zu verlieren.

»Marie, übersetze bitte den nächsten Absatz.« Absatz? Als nächste? Was sollte sie? »Entschuldigen Sie bitte Frau Siebert, ich habe solche Kopfschmerzen.«

»Du siehst auch ganz blass aus, vielleicht gehst du noch einmal fünf Minuten an die frische Luft.« Als sie an Laura vorbei zur Tür ging, feixte ihre allerbeste Freundin sie so frech an, dass Marie Schwierigkeiten bekam, ernst zu bleiben. Auf dem angenehm leeren Schulhof merkte sie, dass sie wahrhaftig Kopfschmerzen hatte und ihr Hals kratzte.

Als Marie zurück in die Klasse ging, behielt sie ihren Schal um und vermied es, mit Laura Blickkontakt aufzunehmen. Sie stützte den Kopf in die Hände und fand alles recht kompliziert. Die hohe, säuselnde Stimme von Frau Siebert war beruhigend: »To begin my life with the beginning of my life, I record that I was born on a Friday, at twelve o' clock at night. It was remarked that the clock began to strike, and I began to cry simultaneously …«

Verrat auf der ganzen Linie

Am Mittwoch stand Marie sehr pünktlich um 16.18 Uhr vor dem Roland – und zwar allein. Lukas hatte ihr noch den Rat gegeben, in einem solchen Fall ginge man immer zum letzten Verabredungs-Ort. Die beiden hatten buchstäblich kalte Füße bekommen und sich im warmen Schwimmbad verabredet. Marie umrundete den Roland und entdeckte nicht das kleinste Zeichen. Es wurde schon wieder dunkel und fing ganz sachte an zu schneien. Und obwohl es wunderschön aussah, fühlte sie sich verlassen, gleichzeitig aber von unsichtbaren Augen beobachtet. Auch wenn sie zu sich selbst sagte: Ich mache weiter und komme morgen noch einmal hier hin, war sie doch voller Zweifel. Sie stand mit trübsinnigen Gedanken im trüben Licht und ließ Kopf und Schultern hängen. Kühl und unbeteiligt blickten die steinernen Augen des Rolands über ihren Kopf hinweg in Richtung Post. Unter seinem Baldachin hatte er wenigstens einen trockenen Kopf. Auf der Schnalle seines Gürtels und auf den Spitzen an seinen Knien hatten sich schon kleine Schneehäuflein angesammelt. Automatisch sah Marie auf seine Füße, und zum ersten Mal entdeckte sie dort eine kleine runde Erhebung. Es lag wahrhaftig ein Kopf zwischen seinen Füßen, zum Glück aus Stein … Hatte Roland ihn mit seinem Schwert abgeschlagen? Das musste sie herauskriegen.

In dem Augenblick, als Marie beschloss, schnell noch einzukaufen und dann nachhause zu gehen, nahm sie aus dem Augenwinkel einen Schatten wahr. Noch bevor sie sich umwenden konnte, fühlte sie einen starken Stoß. Als sie sich mühsam wieder aufrappelte, hatte sie zwar einen mächtigen Schreck bekommen, aber weiter war ihr nichts geschehen. Doch! Marie merkte es erst jetzt, ihre Umhängetasche, die lose über ihrer rechten Schulter gehangen hatte, war weg. Außer Hustenbonbons enthielt sie natürlich das Einkaufsgeld, aber sonst nichts. Komisch, hatte denn keiner beobachtet, was hier vor sich ging und war dem Dieb hinterher geeilt? Heute wollten alle scheinbar nur noch nachhause. Kein Mensch kümmerte sich um sie. Als sie sich aufgerappelt hatte, schoss sie dem stolzen Riesen einen anklagenden Blick entgegen. Doch für den steinernen Hüter des Rechts war sie überhaupt nicht vorhanden.

Marie überlegte, was sie zuhause erzählen sollte, oder besser, was sie nicht erzählen sollte. Konnte sie sagen, dass sie ihre

Tasche irgendwo vergessen hätte? Vielleicht ängstigten sich ihre Eltern sonst und sie durfte nie mehr alleine irgendwo hingehen. Außerdem beunruhigte sie der Gedanke, ob die Sache vielleicht mit ihren Briefschreibern zusammen hing. Sollte das der heutige Hinweis oder eine Warnung sein? Aber wovor? Plötzlich hörte sie im Innern die Stimme ihres Vaters, die riet: »Misch dich nicht in fremde Angelegenheiten.«

Als sie mit leeren Händen nachhause kam, konnte sie gerade noch stammeln: »Meine Umhängetasche«, und dann brach sie in Tränen aus. Ihr Vater, der vor ihr zuhause eingetroffen war, hatte einen sechsten Sinn für solche Sachen. Er rief aus dem Wohnzimmer in den Flur, wo sie immer noch stand: »Was ist denn hier los?«

»Marie hat ihre Tasche verloren«, antwortete ihre Mutter, und vor Erleichterung weinte Marie einfach noch ein bisschen weiter.

Stimmen

Als Marie am nächsten Morgen ihr Missgeschick erzählte, riefen Laura und Lukas fast gleichzeitig: »Aber man kann dich auch nicht fünf Minuten allein lassen, Marie«, und dann etwas ernster: »Ab jetzt machen wir wieder alles zusammen, denn du scheinst solche Sachen auf dich zu ziehen.«

»Du bist für solche Sachen prädestiniert, vorherbestimmt«, dozierte Lukas. Marie stand zu sehr unter Strom, um sich dieses Wort zu merken.

»Heute Nachmittag gehen wir noch einmal zum Roland und überlegen uns eine neue Taktik.« Obwohl sie so tat, als interessierte sie das nicht besonders, freute sie sich riesig. Sie trafen sich an der Post, um ihr Objekt schon von da aus anzupeilen, dann schlenderten sie gemeinsam langsam zum Roland. Auf dem Weg dahin, beobachteten sie jede Kleinigkeit rings umher scharf. In Höhe des Konzerthauses Glocke standen schweigend drei Männer, die sie interessiert musterten. Sie machten einer Gruppe gegenüber vor dem Börsenhof ein Handzeichen. Marie zuckte zusammen, als ein Hund an ihrem Bein schnupperte. Als Laura es bemerkte, sagte sie zwar nichts, aber sie bekam schon wieder diesen gewissen Blick, und ihre Augenbrauen rutschten zwei Zentimeter höher. Es tröstete Marie, als Lukas sagte: »Die Kerle da drüben gefallen mir gar nicht. Aber wir dürfen uns jetzt nicht umdrehen.« Im Weitergehen streckte er den Arm aus in Richtung Roland. Schon von weitem sahen sie etwas Rotes in halber Höhe leuchten. Auch zu Füßen der Figur leuchtete etwas Rotes. Sie dachten alle drei das gleiche, und wirklich auf dem Gitter war es der zweite rote Handschuh, unten lag ein Blumenstrauß. Den Handschuh nahm Lukas ganz beiläufig von der Spitze des Gitterstabes. Zu den Blumen meinte er: »Ach ja, heute ist Rolands Geburtstag.« Und dann zog er einen weißen zusammengefalteten Briefumschlag aus dem Handschuh. Doch bevor sie den Umschlag öffnen konnten, fragte Laura: »Wie alt ist der Knabe denn geworden?«

»Zweihundert oder dreihundert Jahre?«, rätselte Marie.

»Ich weiß nur, dass er über sechshundert Jahre alt ist. Doch guckt mal, der Umschlag trägt wieder keinen Absender, aber auf der Vorderseite steht: *Für Eins und Zwei und Drei*

Das Kuvert war eindeutig für sie. Zu ihrer Überraschung enthielt es drei Kinokarten für *Ratatouille.*

»Für Ratata? Nie gehört«, sagte Laura.

»Der ist witzig! Der Film handelt von den Abenteuern einer Ratte in einem Edel-Restaurant in Paris«, erklärte Lukas.

Auf einem kleinen Schnipsel stand in noch kleinerer Schrift als sonst: *Danke! Es hat prima geklappt! Bis Übermorgen, fünfzig Schritte von hier, gegenüber bei den Stimmen aus dem schwarzen Untergrund.*

Dann folgte der übliche Schnörkel.

»O, das Gespenst vom Fenster hat sich in die Unterwelt verzogen, um uns von dort mitzuteilen, dass wir als nächstes die Bremer Stadtmusikanten füttern sollen, und zum Dank kriegen wir auch einen Bonschen«, grinste Lukas ironisch.

»Aber wir lassen uns nicht kaufen.« Laura bemerkte: »Das Gegenüber einer freistehenden Statue ist ja wohl überall und nirgends. Freundlicherweise haben wir zwei Tage frei, um nachzudenken.«

»Nein, das löse ich noch heute und zwar gleich«, sagte Marie energisch. Der rote Handschuh steckte auf einem Gitterstab direkt vor dem rechten Knie vom Roland.

»Von da aus gehe ich jetzt fünfzig Schritte in seiner Blickrichtung.« Sofort stiefelte sie los, gefolgt von Laura und Lukas, die sich ihr regelrecht an die Fersen hefteten und laut bei jedem Schritt mitzählten.

»Habt ihr etwas verloren? Soll ich euch helfen, den Spuckstein zu finden? Oder zählt ihr nur die Pflastersteine, um sie mit der Wurzel aus 33 zu multiplizieren?« Ausgerechnet Herr Niemeier! Zum Glück ging er gleich weiter, ohne eine Antwort abzuwarten.

Und wo landeten die drei nach ungefähr 50 Schritten? »Das ist kein normaler Kanaldeckel. Komisch, so einen kenn ich gar nicht.« Und obwohl sie sich hinhockten und sich ganz hinunter beugten, hörten sie keinen Pieps.

»Von nichts kommt nichts«, lachte eine ältere Dame hinter ihnen und steckte fünfzig Cent in einen Schlitz. Dabei rezitierte sie: »DO WAT RIN IN'T BREMER LOCH«

Und wirklich kamen merkwürdige Geräusche aus dem Untergrund.

»Mit Stimmen würde ich das Geraunze nicht gerade vergleichen«, meinte Marie.

»KREIH NICH
JAUL NICH
KNURR NICH
SEGG I AA
Wilhelm Kaisen Bürgerhilfe
Der Freien Hansestadt Bremen«, las Lukas.

»Hier, probiert es auch einmal, es ist für einen guten Zweck«, sagte die Dame und hielt Laura einen Euro hin. Als sie zögerte, nahm Lukas das Geldstück und meinte grinsend: »Hab ich's nicht gesagt? Die Fütterung der Stadtmusikanten.« Kinder sowie Erwachsene amüsierten sich über das Gekrächze und Gejaule. Nur sie selbst nicht. Natürlich konnte man von *den Stimmen aus dem schwarzen Untergrund* mehr erwarten. Welche Botschaft sollten diese Stimmen ihnen übermitteln?

»Das war mal wieder ein Flop ...«, meinte Maries liebe Freundin.

»Nein, gar nicht, das war ein Hinweis«, widersprach die.

»Vielleicht sollten wir in den nächsten Tagen einmal beim Schwarzen Loch vorbei schauen.«

»Beim Was?«

»Hast du Bohnen in den Ohren? Beim Schwarzen Loch. Da soll mal ein Zimmermann mit den Toten um sein Leben gespielt haben. Die Geschichte ging irgendwie nicht gut aus. Papa hat mir davon erzählt. Ich werde ihn heute Abend noch einmal danach fragen.«

»Inzwischen bin ich halb erfroren, lasst uns für heute nachhause gehen. Tschüss, ihr beiden«, rief Marie. Aber dann konnte sie sich doch nicht beherrschen und drehte sich noch einmal um: »Und wer mit ins Kino gehen will, melde sich bei mir. Ich bin nicht gekauft und habe mir meine Karte erarbeitet!«

Fest, fête, festa, fest

Schon von außen funkelte das Licht durch die Fensterscheiben. Die Kronleuchter waren angezündet, blitzten und glänzten. Zwanzig geschickte Hände hatten früher auch noch die kleinsten Kristallanhänger in mühevoller Arbeit vom Staub gesäubert. Heute ging das schneller, denn man steckte die kostbaren Klunker einfach in die Geschirrspülmaschine. Auf den roten Treppenläufern gab es nicht den feinsten Fussel. Der Marmorfußboden blinkte und spiegelte die langen Roben der Damen und die dunklen Fräcke der Herren wider. Zahlreiche Gäste aus aller Welt waren ins Rathaus eingeladen.

»In die riesigen Spiegel auf dem Flur haben schon mächtige Politiker und Berühmtheiten einen Blick geworfen.« Tante Melanie liebte es, alle Geschichten durcheinander zu erzählen:

»Königin Sirikid von Thailand war eine sehr elegante Erscheinung. Aber sie war 1966 vor meiner Zeit im Rathaus. Als ich

1978 anfing und bei einem Empfang noch nicht einmal eine Türe aufhalten durfte, kam die Queen. Ich meine Ihre Majestät die Königin von England Elisabeth II und Prinz Philip, dann die ganzen Botschafter, und erst die ganzen Politiker, die 1978 zur Europäischen Gipfelkonferenz ins Rathaus kamen, dann die Erzbischöfe, der Apostolische Nuntius, Michael Gorbatschow, die Großherzo …« Marie schreckte zusammen. Das war ja wie im Unterricht, sie konnte nicht sagen, wie viel sie verpasst hatte. Als sie wieder zuhörte fischte Tante Melanie nach einem Namen.

»Dieser Dean, Dean, na, ich hab's gleich. Nicht Dean Martin, sondern …«

»James Dean?«

»Quatsch! Ich meine den Piloten der Mondlandefähre Appolon 14, Dean Mitchell …« Sie waren am Kamin vorbei in die Obere Rathaushalle gegangen. Dort steht noch wie früher die riesige Standuhr. Während des Vortrags über den Ratsuhrmacher Georg Christoph Maybach, der das gute Stück im Jahr 1737 geschaffen hatte, schlüpfte Marie hinter eine offen stehende Tür.

»Früher zeigte sie nicht nur Sekunden, Minuten und Stunden an, sondern auch die Tage, Monate und Mondphasen«, Tante Melanie war ganz in ihrem Element.

»Zusätzlich ertönte viertelstündlich ein Menuett … Marie, wo steckst du denn?« Erst jetzt bemerkte sie, dass sie allein vor sich hin sprach. Leider verriet sich Marie durch ihr Gekicher.

»Einen schöneren Arbeitsplatz als den im Rathaus kann ich mir gar nicht vorstellen. Ich bin stolz auf meine Verantwortung. Ich sorge gern dafür, dass bei Sitzungen, Konferenzen und Empfängen noch die kleinste Kleinigkeit geplant und abgesprochen wird und dass alles perfekt funktioniert.« Marie kannte diese

Schwärmereien schon. Aber sie durfte zum ersten Mal von jedem Saal aus den Fenstern schauen und war selbst von den verschiedenen, wunderschönen Ausblicken begeistert. Besonders zur Freimarktzeit sah Tante Melanie gern aus dem altehrwürdigen Gemäuer auf das bunte Treiben draußen.

»Das ist doch wohl selbstverständlich, dass das Rathaus zum Weltkulturerbe gehört«, betonte sie gern.

»Komm Marie, ich zeig dir die gerahmte Urkunde.«

An dem Nachmittag, als Marie ihre Tante auf ihrem Kontrollgang durch das ganze Haus begleiten durfte, hatte eine ausländische Delegation eine Rathausführung gebucht. Außerdem wurde am Abend ein großes Fest veranstaltet. So viele Bremer Schlüssel hatte Marie noch nie in einer Stunde gesehen, wie bei diesem Rundgang. Nicht nur über Türen, auf Wappen und Wandverkleidungen, nein, auch auf den goldumrandeten Kaffeetassen im Senatssitzungssaal. Selbst auf dem in Pune, eigens für Bremen, gewebten Teppichboden unter dem riesigen, runden Konferenztisch kehrte das Motiv des Schlüssels – weiß auf pinkfarbenem Grund – immer wieder.

»Weißt du wo Pune liegt?«

»In Indien«, Marie hatte es schon im Unterricht gehabt. Natürlich prangte das Bremer Staatswappen auch auf dem ledernen Papierkorb neben dem Stuhl des Bürgermeisters. Ganz raffiniert angebracht war der Hohlspiegel an der linken Wand, in dem der Bürgermeister den gesamten Tagungstisch bequem von seinem Sitz aus überblicken konnte. Tante Melanie erklärte Marie, dass dieser nach innen gewölbte Spiegel auch Konkavspiegel genannt wird. Bevor sie den Sitzungssaal wieder verließen, machte sie noch auf die seidene Wandbespannung aufmerksam. Dann schloss sie die imposanten Mahagonitüren wieder und wischte mechanisch noch einmal mit dem Ärmel über die vergoldeten Ornamente.

Marie konnte nicht genug bekommen von den vielen kunstvollen Verzierungen. Darum bat sie ihre Tante, ob sie noch ein anderes Mal wiederkommen dürfte, um sich in Ruhe die vielen geschnitzten Tierköpfe und Putti anzusehen, die sie von oben, unten und von allen Seiten anstarrten. Selbst das Schlüsselloch der Standuhr hatte die Form einer Fratze. Da Marie jede zweite Sekunde stehen blieb, musste Tante Melanie zur Eile drängen, weil sie noch viel zu organisieren hatte. Aber auf dem Rückweg durch die Obere Rathaushalle zeigte sie ihr trotzdem im Vorübergehen das riesige Fresko *Das Salomonische Urteil*, »denn hier wurden früher auch Gerichtssitzungen abgehalten. Das Bild erzählt eine spannende Geschichte. Die erzähl ich dir das nächste Mal, wenn mehr Luft ist«, sagte sie.

Freitag
Heute ist mir wieder etwas Seltsames passiert. Ob ich wieder etwas auf mich gezogen habe, wie Lukas das nennt? Natürlich glaube ich nicht an Geister, trotzdem bin ich heute einem Exemplar begegnet oder besser, ich habe es gespürt. Als ich am Nachmittag mit Tante Melanie im Rathaus in der Oberen Halle unter den an der Decke aufgehängten Segelschiffsmodellen durch ging, fühlte ich einen mächtigen Windstoß. Merkwürdig, alle Fenster waren geschlossen. Etwas, wie ein kalter Wind, war blitzschnell an mir vorbeigesaust. Tante Melanie schaute mich erstaunt an. Sie hatte nichts gemerkt und lachte mich aus. Sie meinte, dass sie nun seit über dreißig Jahren dort ein- und ausging, wie in ihrem eigenen Haus. Aber so etwas habe sie in der ganzen Zeit nie verspürt. Wir beherbergen

doch keinen Schlossgeist, denn wir sind ein demokratisches Rathaus, so wischte sie meine Empfindung vom Tisch. Obwohl ich weiß, wie viel Wert sie auf diese Feststellung legt, habe ich ihr widersprochen. Vielleicht beherbergt ihr ja einen Klabautermann. Natürlich meinte ich das nicht ernst. Aber ich wollte einfach etwas dagegen halten und fügte noch hinzu, dass im Ratbauskeller doch auch weltberühmte Geister hausen. Aber Tante Melanie lachte mich wieder aus und meinte, dass Weingeister absolut nicht zählen. Die Sache ist mir zu knifflig, und ich habe es aufgegeben und nichts mehr gesagt. Natürlich gibt es keine Geister, aber so langsam fange ich an, über Phantome nachzudenken. Und eines Tages werde ich mit meinen Freunden genau zu dieser Stelle gehen, und wer weiß, vielleicht passiert dann wieder dasselbe.

Ist es denn möglich?

Der Chef-Redakteur Egon Otto Wisch berichtete im Weser-Kurier:

Gestern Abend beim großen Rathausempfang mit internationalen Spitzenpolitikern und zahlreich geladenen Gästen aus Kultur und Wirtschaft wurde ein wertvolles Detail der Inneneinrichtung entwendet.

An einer der kostbaren, geschnitzten Eichentüren, die zur Oberen Rathaushalle führen, fehlte am nächsten Morgen ein historischer Handgriff. Einer zuverlässigen, langjährigen Mitarbeiterin im Haus fiel der Diebstahl bei Reinigungs-

arbeiten auf. Einen Tag vor dem Fest hatte sie die wertvolle Klinke selbst auf Hochglanz gebracht. Die Polizei bittet die Bürger um Hinweise, die zur Ergreifung des Täters und zur Wiederbeschaffung dieser durch Nichts zu ersetzenden Antiquität beitragen können.

Marie saß mit ihrer Familie am Frühstückstisch. Alle hatten sich auf ein ausgedehntes, gemütliches Frühstück eingestellt. Nur ihr Vater musste weg. Er nahm noch einen letzten Schluck Kaffee, legte die Zeitung beiseite und knurrte: »Na, die Nerven möchte ich haben.« Dann hauchte er eine Art Kuss in die Luft, rief »Tschüss, ihr Lieben«, schnappte seine Tasche und rannte aus der Küche. Marie, ihre Mutter und Ivo griffen gleichzeitig nach der Zeitungsseite. Ja, und jeder hielt dann auch ein Stück davon in der Hand.

»Aber du kannst doch noch gar nicht lesen«, sagte Marie zu Ivo.

»Doch, nur nicht so schnell und die Fotos kann jeder lesen«, meinte er. Sie setzten die drei Zeitungsteile zusammen.

»Schade, im Bremer Rathaus ging es immer so unkompliziert und bürgernah zu. Wenn so etwas Schule macht, wird es wohl damit vorbei sein. Schade, wenn jetzt Leibwächter und Kontrollen wie am Flughafen eingeführt werden müssten.« Maries Mutter war wirklich besorgt. Wie viele Konzerte oder Preisverleihungen hatte sie schon im Rathaus erlebt, ohne dass solche Kontrollen stattfanden.

Samstag

Sehr wahrscheinlich war im Rathaus etwas geklaut worden, während ich dort war. Ich kann mich erinnern, selbst die Hand auf eine der kostbaren Klinken gelegt zu haben. Ob das etwas mit dem blitzschnellen Wind zu tun hatte? Sonst ist mir nichts

Verdächtiges aufgefallen, nur dass es manchmal mit den vielen Besuchern einen ziemlichen Stau an diesen Türen gab, weil die gerade nicht sehr breit sind. Hoffentlich bekommt Tante Melanie keinen Ärger und nimmt mich noch mal mit.

Das Phantom mit der karierten Jacke

An Tagen, an denen sie nur bis zur 5. Stunde Unterricht hatten, machte Marie beim Nachhauseweg jetzt gern einen kleinen Umweg über den Domshof. Sie kaufte noch etwas Obst oder einen Kopf Salat ein. Natürlich ging sie zum Stand »ihrer« Marktfrau. Sie heißt Frau Zeemann, und die beiden hatten sich ein wenig angefreundet. Aber heute jagte sie ihr einen tüchtigen Schreck ein. Marie hatte gerade eine frische Ananas gekauft. Ihre Augen wanderten über das grüne Kupferdach des Doms. Was sich da oben alles abspielte: Der Wetterhahn auf einem der Türme, die vielen Kreuze auf den steinernen Zinnen, der Stern aus Metallspitzen auf dem hinteren kleinen Turm. Sie schaute hinauf, ob vielleicht hinter einem Giebel verborgen zufällig irgendwer herunterschaute? Dann wanderten Maries Gedanken nachhause. Sie freute sich schon im Voraus über die gelungene Überraschung.

»Marie ist in letzter Zeit so hilfsbereit«, meinte ihre Mutter neulich, und ihr Vater stellte fest: »So vitaminreich und gesund haben wir uns noch in keinem Winter ernährt.« Mitten in ihren schönsten Tagträumen hörte Marie plötzlich: »Nimm dich in Acht vor dem Phantom mit der karierten Jacke.« Sie erstarrte und stand wie versteinert da.

»Na, krieg doch nicht gleich so einen Schreck«, meinte Frau Zeemann.

»Ich soll es dir nur von jemandem ausrichten, der es gut mit dir meint.« Andeutungen konnte Marie noch nie leiden.

Nachdem sie sich verabschiedet hatte, rief Frau Zeemann ihr noch nach: »Marie, vergiss deine Ananas nicht.« Schnell drückte sie ihr noch eine Apfelsine in die Hand. Als sie alles in ihrer neuen Umhängetasche verstaut hatte, lief Marie wie betäubt in die Sandstraße. Wie so oft schaute sie von außen noch kurz durch das verschnörkelte Gitterfenster der Bremer Bank auf das beleuchtete Porträt im Eingang. Hermann Henrich Meier blickte sie spöttisch aus dem Augenwinkel an: *Na min Deern, häs du dat Phantom al sehn?*

Onkel Wolfgang hatte Marie erzählt, dass H. H. Meier, wie er überall genannt wurde, die Bank 1850 gegründet hatte. Er wusste das so genau, weil er sich für die bremisch-amerikanischen Handelsbeziehungen interessierte, denn er arbeitete für die Ocean Steam Navigation Company, deren Mitbegründer der Banker auf dem Ölbild war. Was einem in einer Sekunde alles so durch den Kopf gehen konnte, durchzuckte es Marie. Rasch lief sie weiter am alten Polizeirevier vorbei, überquerte die Straßenbahngleise und bog in den Glockengang. Inzwischen hatte sie sich etwas beruhigt. Wie fast jeden Tag breitete sie im Glockengang automatisch die Arme seitwärts aus, um die Hauswände links und rechts zu berühren. Dann kam es ihr vor, als ob sie die Häuser stützen würde. Jetzt brauchte sie nur noch auf der anderen Seite der Ostertorwallstraße schnell die Treppen hochzusteigen, am liebsten nahm sie zwei Stufen auf einmal, und schon war sie am Wall. Dort bewunderte sie jeden Tag die Orientteppiche in den Schaufenstern. Dann wandte sie sich nach rechts, flitzte ein zwei Häuser weiter, dann nach oben in den zweiten Stock und war zuhause.

Ihre gelungene Überraschung konnte Marie nicht richtig genießen. Den kleinen Vortrag ihrer Mutter über die wertvollen Inhaltsstoffe der Ananas wie Zink, Kupfer, Mangan, Eisen, Kalium, Phosphor ließ sie passiv über sich ergehen. Als sie ihr Desinteresse bemerkte, brummelte ihre Mutter noch etwas von Jod, Magnesium und Bromelin und meinte dann: »Entschuldige, du bist müde von der Schule und ich rede ohne Punkt und Komma auf dich ein. Erhole dich erstmal ein bisschen.«

Als das Mittagessen endlich vorüber war, rief Marie sofort Lukas an. Aber als sie ihm ihre Geschichte erzählt hatte, sagte er bloß: »Ja, du scheinst solche Sachen auf dich zu ziehen, damit musst du leben. Ich habe jetzt leider keine Zeit, weil ich mit Dawinschi spazieren gehe.«

»Mit da was?«

»Bis morgen«, schon hatte er aufgelegt. Marie ging in ihr Zimmer zurück und warf sich aufs Bett. Laura hatte Klavierstunde und war auch nicht zu erreichen. Wenn sie die Augen schloss, sah sie keine Kringel wie sonst, wenn sie aufgeregt war, sondern lauter Karos.

Lukas hat einen Job

»Dieser elende Angeber! Behauptet er doch glatt, jeder wisse, wer Dawinschi ist und dass er täglich einen »kunsthistorischen Bummel« mit ihm mache. Dann kommen noch ein paar geschwollene Erklärungen hinter her, die sowieso keiner versteht.

Merkwürdig, vorstellen will er uns Dawinschi aber nicht. Er sei scheu, lebe sehr zurückgezogen, liebe altes Gemäuer, dunkle Ecken und habe auch sonst noch ein paar Eigenheiten. Trotzdem sei er ganz angenehm, nur seine Essmanieren wären nicht die besten.« Marie war wütend.

»Lukas, trägt er eine karierte Jacke?«

»Hat er nicht etwas mit diesem amerikanischen Schauspieler Leonardo da Capri oder so ähnlich zu tun ?«, platzte es aus Laura heraus.

»Aber mit dem würde Lukas doch nicht täglich herumspazieren.« Endlich ließ sich Lukas zu einer Erklärung herab.

»Nicht schlecht, ihr seid schon nah dran, aber ...« Gong! Pausen-Ende! Und weg war er.

Maries Lexikon half ihr diesmal nicht weiter. Selbst bei Wikipedia wurde sie nicht fündig, deshalb fragte sie: »Mama, was fällt dir bei dem Wort Dawinschi als erstes ein?«

»Leonardo natürlich.«

»Dann lag Laura also doch nicht so falsch. Hat er etwas mit Leonardo da Capri oder so ähnlich zu tun?«

»Aber nein, da Vinci lebt doch schon lange nicht mehr. Außerdem kommt er nicht von Capri, sondern ist aus Vinci, wie der Name verrät.«

»Mama, ich glaube, diesmal irrst du dich. Lukas geht jeden Tag mit ihm spazieren«, sagte Marie.

»Wir können ja mal nachschauen, wann er genau lebte«, beharrte ihre Mutter.

»Das habe ich schon getan. Er existiert nirgendwo«, triumphierte Marie.

»Das kann nicht sein! Der berühmte Maler der Mona Lisa steht in jedem Lexikon. Gib einmal her. Hier ist es: Er wurde in dem kleinen Ort Vinci in Italien im Jahr 1452 geboren und starb 1519 in Frankreich.« Ja, da Vinci, jetzt weiß ich, wie sich der Name schreibt, dachte Marie. So konnte ich ihn auch nicht finden. Aber der da Vinci von Lukas, was ist das wohl für einer? Jetzt habe ich schon so viel gelernt und weiß noch immer so wenig.

Es ist fast alles Gold, was glänzt

Schon am folgenden Samstag gab es den nächsten großen Einsatz im Rathaus – übrigens ganz ohne Bodyguards. Tante Melanie musste morgens um sieben Uhr anfangen zu arbeiten. Sie hatte sich mit ihrer Nichte um 13.00 Uhr beim Pförtner verabredet. Vorher ging Marie wie oft am Samstag bei Frau Zeemann einkaufen. Obwohl diese wie immer wenig Zeit hatte und sowieso etwas wortkarg war, erzählte Marie der Marktfrau, dass sie gleich ganz exklusiv, ohne öffentliche Führung durchs Rathaus spazieren würde.

»Schade, dass ich nicht mitkommen kann. Ich stehe seit vierzig Jahren fast jeden Tag *vor* dem Rathaus, aber drinnen war ich noch nie«, bemerkte Frau Zeemann, bevor sie ihr eine Apfelsine schenkte.

Richtig stolz schritt Marie durch den großen Rundbogen des Portals mit den schönen schmiedeeisernen Verzierungen. Es öffnete sich wie von Geisterhand. Sie wurde schon erwartet und deponierte ihren Einkaufskorb in der Loge des Pförtners. Es ging durch ein riesiges zweites Tor und dann führte sie Tante Melanie direkt die Marmortreppe hinauf. Und während diese noch ein Tablett mit Kaffeetassen aus dem Senatssitzungssaal trug, schnitt Marie schnell eine kleine Grimasse in den alten ehrwürdigen Konkavspiegel, der die Entfernungen so merkwürdig verzerrt.

Aber dann gingen sie direkt durch die Obere Rathaushalle in die Güldenkammer. Auf dem pompösen Portal prangt der Bremer Schlüssel gleich zweimal.

»Schade, ab hier habe ich aufgehört zu zählen und vergessen, ob ich beim dreiundvierzigsten oder beim dreiundfünfzigsten Schlüssel war.« Marie schaute nach oben und fragte ihre Tante, was die Figur über dem Eingang zu bedeuten hätte.

»Das ist eine Skulptur der Justitia, die steht sicherlich wegen der mittelalterlichen Rechtsprechung da.« In der Güldenkammer hatte Marie das Gefühl, als wäre sie im heiligsten Raum des Hauses. Das lag natürlich zum Teil an der kurzen Predigt, die Tante Melanie ihr vorher gehalten hatte. Aber sie wusste doch auch so, wie wertvoll hier jeder Quadratzentimeter war. Was sie aber nicht wusste, war, dass die vergoldeten Ledertapeten von dem Maler Heinrich Vogeler stammten. Er hatte auch die Möbel, Lampen und Marmorkamine entworfen.

Marie kannte den Namen Heinrich Vogeler, weil sie im Sommer mit der Klasse bei einem Ausflug nach Worpswede auch den Barkenhoff besucht hatten. Tante Melanie erklärte ihr, dass der Künstler den Auftrag im Jahr 1905 vom Senat bekommen hatte.

»Deshalb steht die Jahreszahl da oben auf der Tür. Das habe ich gerade entdeckt«, sagte Marie.

»Natürlich hat Vogeler auch die Wandvertäfelung und die Intarsien auf den Türen gestaltet«, ergänzte Tante Melanie.

»Intarsien, was ist das?«

»So nennt man die Einlegearbeiten aus verschiedenfarbigen Hölzern.«

»Sind denn die verzierten Gitter vor den Kaminen auch aus Gold?«, wollte Marie wissen.

»Ich glaube nicht, vielleicht sind sie vergoldet, aber genau weiß ich es nicht. Für das alte Rathaus ist diese Inneneinrichtung neu, denn die ersten goldenen Ledertapeten stammten aus der Zeit von 1618 – 1620. Leider sind sie nicht mehr erhalten.«

»Hast du das alles nachgelesen, Tante Melanie?«

»Nein, dazu habe ich gar keine Zeit. Ich habe es bei Führungen aufgeschnappt. Dabei erfahre viel und ich konnte sogar mein Englisch auffrischen. Never mind habe ich vorgestern bestimmt zwanzig Mal in fünfzehn Minuten gehört. Immer wenn die Führerin eine Frage nicht beantworten konnte, bekam sie never mind zu hören.«

»Aber was war das denn dann für eine Führerin, wenn sie nichts wusste?«, meinte Marie.

»Was waren denn das für Fragen, auf die man nicht antworten kann«, gab ihre Tante zurück.

»Oder weißt du, welches Gericht es zur Einweihung des ersten, noch älteren Rathauses gab? Und so ging es weiter.«

Inzwischen hatte Tante Melanie mit Frau Gruen ein blütenweißes Tischtuch – natürlich mit Bremer Staatswappen – aufgelegt und für ein Abendessen für zehn Personen gedeckt. Marie durfte helfen, aber nur die Servietten hinlegen. Selbstverständlich trugen auch die das Staatswappen. Gläser und Besteck durfte Marie nicht berühren. Tante Melanie zog sich extra weiße

Handschuhe an, bevor sie die Gläser in die Hand nahm und gleich drei verschiedene zu jedem Gedeck stellte. Dann kam das Ratssilber an die Reihe. Auch dazu hatte Tante Melanie wieder eine Geschichte parat. Nicht nur, dass alles jedes Mal durchgezählt und schon einige Tage vorher jedes Mal frisch geputzt wurde, sondern auch, dass dieses Tafelsilber »neu« wäre. 1642 fing man an zu sammeln und legte einen regelrechten Silberschatz an. »Es ist immer dasselbe, im Jahr 1677 musste schon wieder alles verkauft werden, weil der Rat Geld brauchte. Irgendwann im 19. Jahrhundert fing man von vorne an und sammelte neues Ratssilber. Dabei ließ man sich etliches von den reichen Bremer Kaufmannsfamilien stiften.« Wozu der Rat Geld brauchte, konnte Marie nicht in Erfahrung bringen, never mind …

»Es wird nicht oft in der Güldenkammer mit Ratssilber gespeist. Das bleibt nur ganz hohen Gästen vorbehalten.« Welche Gäste es diesmal waren und was man ihnen Delikates vorsetzen würde, verriet Tante Melanie ihrer Nichte auch nicht. Dafür erzählte sie, dass Janosch, als er sich ins Goldene Buch der Stadt eintrug, die Bremer Stadtmusikanten gezeichnet hatte. Tante Melanie war begeistert, denn sie hatte Marie die Tigerente und das Buch »Der Bär, der Bär, der wiegt nicht schwer« von Janosch geschenkt. Die Queen und ihr Gemahl haben sich ganz einfach als Elisabeth und Philip eintragen, meinte sie. Über Maries Bemerkung, dass es in der Güldenkammer doch eigentlich güldenes Besteck geben müsste, konnte sie nur schmunzeln.

»Aber bei Gülden fällt mir der 7. Deutsche Außenwirtschaftstag wieder ein. Der war fast auf den Tag genau vor einem Jahr. Damaliger Knalleffekt war die Tatsache, dass Seine Majestät König Abdullah II bin Al Hussein König des Haschemitischen

Königsreichs von Jordanien – wie er korrekt genannt werden muss – anwesend war.«

Aber der heutige Knalleffekt kam erst noch. Als Marie nachhause gehen wollte und ihren Einkaufskorb beim Pförtner holte, lag obenauf ein verschlossener Briefumschlag. Auf dem Kuvert stand: *Für Marie.*

Treuebonus

Während Laura für ein Schülerkonzert üben musste, war Lukas mit diesem Da-ich-weiß-nicht-was unterwegs. Marie trat irgendwie auf der Stelle. Sie konnte sich doch nicht jeden Samstag mit Tante Melanie verabreden. Obwohl es so interessant im Rathaus war, wollte sie mal wieder etwas mit ihren Freunden unternehmen. Es war, als hätte jemand das geahnt.

»Ich kann es dir wirklich nicht sagen«, meinte der Pförtner, als Marie ihn fragte, woher denn der Brief käme.

»Es geht hier heute zu wie im Bienenkorb, ständig Lieferanten, die Presse, Radio Bremen, wie du draußen an den Aufnahmewagen siehst und natürlich buten un binnen. Kurz nachdem du nach oben gingst, hat mir jemand den Umschlag durchgeschoben. Das kommt so häufig vor, da kann ich nicht jeden, der nicht weiter ins Haus will, auch noch genau aufs Korn nehmen.«

Obwohl Marie neugierig war, wartete sie mit dem Öffnen des Briefumschlags, bis sie allein in ihrem Zimmer war. Sie nahm den Brieföffner ihres Vaters und öffnete das Kuvert mit einem Ratsch:

Liebe Marie,
vielleicht meinst du das Rathaus jetzt zu kennen.

Falls du aber einmal die Geheimtreppe herauf und auf den Rathausspeicher gehen möchtest, und falls du einmal vom Balkon oben genau neben der Ziffer 1612 auf den Markt herunterschauen möchtest, lässt sich das einrichten.

Falls du zwei Freunde mitnehmen möchtest, geht auch das.

Die Führung würde am Mittwoch pünktlich um 16.18 Uhr stattfinden. Dieses ist ein Treuebonus. Du musst nur drei Bedingungen erfüllen:

1. Die Antwort muss bis Montag 16.18 Uhr beim Schwarzen Loch in einem verschlossenen Briefumschlag hinterlegt werden. Stichwort: Marcus-Brunnen.

2. Lasst euch eine passende Verkleidung einfallen. Denn auch ich werde verkleidet sein.

3. Keine Angst vor Mäusedreck, Fledermäusen, Spinnweben, und allerhöchste Verschwiegenheit!

Der Pförtner lässt euch auf das Losungswort Bramsil *herein.*

Unterschrift (unleserlich)

Marie war sprachlos. Wenn sie sich doch bloß mit Laura und Lukas beraten könnte. Was, wenn sie schon wieder etwas auf sich gezogen hatte, wie Lukas das nannte. Plötzlich stellte sie sich vor, dass jemand mit Maske und karierter Jacke angetan sie auf den Rathausspeicher lockte. Das musste doch einer von der Bande sein, der sie scheinbar ständig beobachtete. Konnte sie denn keinen unauffälligen Schritt mehr machen? Worin bestand denn ihre Treue? Inzwischen war es doch eher umgekehrt, die Unsichtbaren hefteten sich »treu« an ihre Spuren.

Geraten sie in eine Falle?

»Na klar machen wir das!« Laura rief es so laut und so begeistert, dass viele aus der Klasse sie auf dem Schulhof bestürmten: »Was, was macht ihr?«

»Ach nichts.«

»Blöde Geheimnistuer! Warum die immer zusammen hocken?«

»Wir sind drei gegen eins, da kann so schnell nichts schief gehen«, stellte Lukas gegen Maries Bedenken klar.

»Und wenn oben mehrere auf uns lauern?«, fragte sie.

»Du kannst ja zuhause bleiben und Gespenstergeschichten lesen. Das tust du doch so gern.« Manchmal könnte sie Laura auf den Mond wünschen, besonders wenn ihre Augen so durchdringend wasserblau werden, wie gerade jetzt.

»Das könnte euch so passen! Der Brief ist schließlich an mich gerichtet, allein kämet ihr noch nicht einmal mit dem dicken Zeh herein. Wisst ihr das Losungswort überhaupt noch?«

»Bremil«, antwortete Laura.

»Draußen bleiben«, rief Marie.

»Bramil«, riet Lukas.

»Pech«, zischte sie.

»Gib noch mal den Brief her«, sagte Lukas.

»Wozu?«

Diesmal war Laura die Vernünftige: »Wir hatten doch ausgemacht, dass wir wieder alles zu dritt machen wollen. Lasst uns dabei bleiben.«

»Ja, und wir haben nicht mehr viel Zeit. Bis heute Nachmittag müssen wir wissen, wo das Schwarze Loch ist, sonst könnten wir die Geheimtreppe samt Mäusespeck und Spinnenbeinen vergessen«, ergänzte Lukas. »Das übernehme ich. Gleich nach der Schule rufe ich Papa in der Bibliothek an, der kriegt es bestimmt heraus.«

»Gut, Marie. Das ist deine Aufgabe. Ich übernehme das Antwortschreiben und spiele auf meinem historischen Bummel den Überbringer. Laura lässt sich etwas zum Punkt Verkleidung einfallen.«

Es war knapp, aber sie hatten es geschafft. Pünktlich um 16.15 Uhr standen alle drei am Mittwoch vor der Pförtnerloge des Rathauses. Sie sahen gerade noch, wie eine Riesengruppe vor ihnen durch das Portal rauschte und dann plötzlich verschwunden war. Überhaupt war heute der Teufel los. Die drei hatten sich alte schwarze Regencapes umgehängt, wie man sie früher beim Fahrradfahren benutzt hatte. Dabei hatten sie eine Art Schlapphut vom Vater oder Großvater auf dem Kopf. Maries rutschte ihr ständig über die Ohren, was ziemlich unheimlich aussah. Wenn sie was sehen wollte, musste sie ihn immer wieder nach oben schieben. Da sie den Pförtner schon kannte, pochte sie gegen die Glasscheibe seiner Loge, und fast gegen ihren Willen raunte sie: »Bramsil.«

Ohne mit der Wimper zu zucken, betätigte er den Summer, oder spielte nicht doch ein unterdrücktes Lachen um seine Mundwinkel? Sie gingen durch die zweite Pforte. Ihr Aufzug stand sehr im Gegensatz zum vornehmen Eingang. Deshalb fühlten sich die Spurenjäger halb als Vogelscheuchen, halb wie die drei Musketiere. Schon vorher hatten sie vor Anspannung kein Wort gesprochen. Nun standen sie immer noch schweigend da und blickten auf die vor der Treppe hängende große runde Uhr. Trotz der Aufregung sah Marie jetzt zum ersten Mal, dass die Uhr von einer Hand gehalten wurde, die unmittelbar an der Decke befestigt war. Links und rechts war das Gehäuse mit Löwenköpfen geschmückt, und unten war eine Frucht angebracht, sie sah aus wie eine Eichel.

»Was, wenn wir hier vergessen werden?«, flüsterte Lukas. Marie trat ihn gegen das Schienbein. Ihre Augen wanderten links zum Fahrstuhl, dann rechts zu den Garderobenständern. Es zeigte sich keine Seele. Da rückte der große goldene Zeiger mit lautem Knacksen auf 16.18 Uhr. Mit einem ächzenden Laut öffnete sich auf der rechten Seite ruckartig eine dunkelbraune Eichenholztür. Alle drei hielten die Luft an, als eine Gestalt, in einem ebenso schwarzen Umhang wie sie ihn trugen, langsam auf sie zukam. Nun sahen sie, dass der Umhang aus Samt war und ein rotes Futter hatte. Rot gefüttert war auch die kapuzenähnliche Kopfbedeckung, die die Augen beschattete. Der kurze, graue Bart gab der Gestalt nichts besonders Sympathisches.

»Kommt mit«, das war die knappe Begrüßung. Zu ihrer Erleichterung ging es die breite Marmortreppe mit dem roten Läufer hoch. Sie atmeten hörbar auf. Vielleicht hatten sie befürchtet, es ginge erst einmal nach unten zu den Kellergewölben. Dann wurden sie durch die prächtig erleuchtete Obere Rathaushalle geführt. Sie blieben stumm und wagten nichts zu fragen, als sie endlich am Ende der Halle in einer Ecke Halt machten. Automatisch stellten sie sich vor die kunstvoll geschnitzte Balustrade der Wendeltreppe, die früher in die Untere Rathaushalle führte. Ihr Führer schüttelte schweigend den Kopf. Er wies auf eine kleine kaum sichtbare Tür in der Wandtäfelung. Dann griff er nach einem Schlüssel, den er unter seinem Umhang an einem roten Band um den Hals hängen hatte. Dabei bemerkten die Verstummten, dass er auch rote Seidenhandschuhe trug. Sie sahen sich verstohlen an. Vielleicht dachten sie alle drei das Gleiche. Marie auf jeden Fall musste an blutige Hände denken. Als sich die dunkle Gestalt ein wenig umständlich am Schlüsselloch zu schaffen machte, ließ Lukas ganz kurz seine Taschenlampe aufblinken.

Das Knarren der aufspringenden Tür war theaterreif. Vor ihnen lagen die unteren Stufen einer engen Wendeltreppe, Steinstufen, steinerne Wände aus dicken Quadern und ein dicker herabhängender Strick als Geländer.

»Hier herauf flüchteten sich die Ratsherren und der Bürgermeister, wenn das unzufriedene Volk versuchte, das Rathaus zu stürmen.« Die Stimme ihres Führers war merkwürdig rau, sie hallte ein wenig im Treppenschacht. Flüsterte er, oder war er erkältet? »Laura du gehst zuerst, dann Marie, zum Schluss Lukas. Also folgt mir.« Verblüfft sahen sie sich an. Woher kannte er alle Namen? War das ein gutes oder ein schlechtes Zeichen?

Die Luft war abgestanden und die Steine strömten eine feuchte Kälte aus. Der modrige Geruch würgte Marie im Hals. Laura ging zögernd an ihr vorbei und ergriff das Seil. Langsam stiegen sie hoch. Da ertönte ein so fürchterlicher Knall, dass alle drei zusammen fuhren. Ihr Führer stieg unbeirrt weiter empor. Die schwere, klinkenlose Tür war hinter ihnen zugefallen.

Die Kehrseite der Medaille

Zuerst hatten sie ihren Führer und dann auch sich untereinander aus den Augen verloren. Das lag nicht nur am Dämmerlicht, sondern an den engen Windungen der Treppe. War denn hier keine Beleuchtung? Nun waren sie abgeschnitten von den prunkvollen Sälen unter ihnen. Kein Laut drang hier herauf, und außer dem leisen, vorsichtigen Tappen ihrer Schuhe und einem feinen Rascheln ihrer Capes war nichts zu hören. Marie stolperte und klammerte sich fester an das Seil. Jetzt, wo Lauras Rücken verschwunden war, drehte sie sich nach Lukas um. Er war nicht zu sehen. Weil ihr irgendwie der Sauerstoff ausging, blieb sie kurz stehen. Sie fand es unangenehm, dass das von oben herab fallende schwache Licht einen hässlichen Schatten auf die kurzen Stufen warf. Ihr eigener Schatten sah so unheimlich aus, dass sie immer wieder hinstarren musste. Marie kam es so vor, als ob ein Gnom mit ihrem Körper verbunden war, der nicht von ihrer Seite wich. Darum verfehlte sie immer wieder eine Stufe. Endlich nahm sie den Hut ab, so konnte sie ja auch kaum etwas sehen. Gut, dass niemand hinter uns her ist, dachte sie. Lukas holte sie ein.

»Was meinst du?« Obwohl sie flüsterte, klang es schauerlich hohl.

»Weiter! Umkehren können wir jetzt nicht mehr«, gab er zurück. Schade, dass es mir am Anfang nicht eingefallen ist, die Stufen zu zählen. Ich passe lieber auf, dass es mir nicht schwindelig wird, dachte Marie. Abwechselnd wurde es ihr heiß und kalt in diesem engen turmartigen Schacht. Endlich wurde es heller. Nach einer letzten Windung sah sie Laura vor sich und dann das Ende der Treppe. Auf der obersten Stufe reichte ihr Führer jedem die Hand und half ihnen hinauf auf eine Art hölzernen Laufsteg. Unwillkürlich zögerte Marie, bevor sie seine blutrote Hand ergriff. Er stand mit dem Rücken gegen die Fenster, so dass die drei sein Gesicht unter der Kopfbedeckung wieder nicht richtig erkennen konnten. Und im Nu hatte er sich schon herumgedreht, winkte ihnen mit der Hand über die Schulter ihm zu folgen. Sie sahen seinen Rücken. Ab und zu wies er mit seiner rot behandschuhten Hand nach rechts und links, nach oben oder unten, um sie auf etwas Besonderes aufmerksam zu machen: Die Zeichensprache verwies sie auf uralte eiserne Beschläge oder große vom Steinmetz mit der Hand behauene Quadersteine im Gemäuer.

»Autsch«, jammerte Lukas. Er hatte vergessen den Kopf einzuziehen, als sie unter einem niedrigen Stützbalken durchschlüpften. Dann mussten sie auf schmalen Holzbalken im Gänsemarsch hintereinander balancieren. Diesmal bildete Laura das Schlusslicht.

Plötzlich hielt ihr Führer in der Mitte des großen Raumes an und wandte sich nach rechts. Sie standen unter der uralten Holzkonstruktion, die viele Tore hintereinander bildete. Sie erinnerte an die Konstruktion eines umgedrehten Schiffsrumpfes. Von den gewaltigen Balken, die das Dach des Rathauses trugen, hingen Taue, schwere Ketten und Eisenhaken. In regelmäßigen Abständen waren Feuermelder und moderne Neonröhren angebracht. Nur die Ecken dieses riesigen Dachbodens waren dunkel und unheimlich.

»Hierhin könnten leicht hundertfünfzig Ratsherren flüchten«, flüsterte Lukas, vorsichtig befühlte er die Beule an seiner Stirn. Laura bestaunte die Risse, die sich um die großen Schrauben und Nägel in dem fast vierhundert Jahre alten Dachgebälk gebildet hatten. Sie machte Marie ein Zeichen, doch die schüttelte vorwurfsvoll den Kopf. Dafür gab sie ihr Taschenmesser nicht her!

Es ging weiter vier Holzstufen hinunter. Eine winzige Tür, über der ein Hufeisen hing, öffnete sich, und ehe sie sich versahen, standen die Kinder schon draußen auf dem Balkon. Es war alles so schnell gegangen, dass sie ganz überrascht waren. Eben hatten sie ihre Sprache wiedergefunden, atmeten die frische Luft und bewunderten diese besonders schöne Aussicht, da klappte wieder eine klinkenlose Türe hinter ihnen zu. Sie standen allein auf diesem hohen, schmalen Rathausbalkon. Aber schon klappte es noch einmal und immer wieder, bis eine rot behandschuhte Hand sich von innen herausstreckte und die Türe festhielt. Der Wind pfiff ihnen um die Ohren, Regentropfen klatschten ihnen ins Gesicht. Im Halbdunkel waren die steinernen Skulpturen zum Greifen nah. Laura breitete die Arme aus.

»Du willst doch nicht etwa abheben«, grinste Lukas.

»Nein, nur bis zur Turmspitze greifen.« Sie standen in Luftlinie direkt gegenüber dem Neptun mit seinem Dreizack, der Marktplatz lag ihnen zu Füßen. Wortfetzen drangen bis zu ihnen empor. Es war großartig!

Jetzt drehten sie sich um, weil sie Lust hatten, einmal aus dem neuen Blickwinkel und aus dieser Höhe von draußen nach innen zu schauen. Durch die kleinteilig gerahmten Fenster entdeckte Marie den mysteriösen Unbekannten. Übermütig ahmte sie die Zeichensprache ihres Führers nach und forderte ihn auf, zu ihnen heraus auf den Balkon zu kommen, um an diesem Anblick teilzunehmen. Tatsächlich trat er augenblicklich auf den Balkon, es wurde noch enger, sie quetschten sich zusammen. Gut, dass die Brüstung hoch und nicht bröckelig war. Marie drückte ihre Nase an der Scheibe platt, die anderen hatten sich wieder dem Marktplatz zugewandt. Da ging drinnen eine eilige Gestalt vorüber. Sie trug etwas Großes unter dem Arm. Zuerst sah sie überrascht und erschrocken zu Marie am Fenster hin. Dann huschte sie in ihre Richtung, und – es war kein Zweifel möglich – schon hörten die draußen Stehenden, wie der Türriegel von innen zugeschoben wurde. Dann verschwand die Gestalt im Dunkel. Lukas fuhr herum, rüttelte an der Tür, vergeblich. Außer Marie hatte keiner jemanden auf dem Dachboden gesehen. Gab es doch Gespenster im Rathaus?

Wie benommen und auf dem Fleck angenagelt standen die vier im Regen.

»Es ist unverzeihlich, dass ich mein Handy mit der Nummer des Pförtners nicht bei mir habe«, stieß der Mysteriöse aufgeregt hervor.

»Aber ich habe mein Handy mit Tante Melanies gespeicherter Nummer dabei«, rief Marie. Sie erreichte sie sofort, und innerhalb von fünf Minuten, in denen sie heftig über den Vorfall diskutierten, waren alle befreit. Aber es waren doch recht bange, ungemütliche Minuten. Während dieser für die Ausgeschlossenen unendlich langsam dahinschleichenden Zeit, blickten sie immer wieder ungeduldig auf die goldenen Ziffern und Zeiger der Dom-Uhr. Mit herausfordernder Behäbigkeit rückte der große Zeiger, der ihnen sehr nah erscheinenden Uhr, vorwärts.

Was war geschehen?

Eisigkalt und pudelnass wie sie waren, beförderte Tante Melanie sie direkt vom Rathausspeicher in einen nahen Büroraum, der etwa auf gleicher Höhe lag. Die beiden Angestellten, die im Raum waren, wurden beauftragt, ihnen schnell einen heißen Tee zu machen. Der niedrige Raum mit seinem nüchternen Mobiliar war sehr einfach. Überhaupt wirkte die ganze Atmosphäre eher dürftig. Sie stand in großem Gegensatz zur prächtigen Ausstattung des übrigen Rathauses und zur großzügigen Architektur des Dachbodens. Tante Melanie hatte ihren strengen Blick aufgesetzt und brummte: »Das sind ja schöne Geschichten. Gerade heute, wo wir Hochkonjunktur haben.« Eine Erklärung für das Geschehene hatte sie allerdings nicht.

Die Kinder legten ihre nasse Verkleidung ab und tranken heißen Tee.

»Komm Marius, wir wollen uns kurz auf dem Flur beraten«, sagte Tante Melanie zum Mysteriösen. Die Kinder sahen sich an, die beiden kannten sich also. Schließlich kam Tante Melanie wieder herein und ihr Führer verabschiedete sich mit einem Händedruck von ihnen. Er hatte die roten Handschuhe, die Kopfbedeckung und seinen Umhang abgelegt. Nun konnten sie zum ersten Mal sein Gesicht richtig sehen.

»Ihr werdet sofort mit dem Auto nachhause gebracht«, lächelte er. Er wirkte richtig redselig, als er erleichtert feststellte, dass sie durch ihre Hüte und Capes geschützt, ganz trocken geblieben waren. Ehe er hinausging, drehte er sich noch einmal um und fügte hinzu: »Früher wie heute kann man auf Geheimtreppen nie ganz sicher sein.«

»Unsere Aussperrung war eine realistische Aufführung! Ich komme mir vor, als hätte ich in einem Film mitgespielt«, sagte Lukas.

»Stimmt, ich bin auch voll drauf reingefallen«, fand Laura. Nur Marie war skeptisch: »Ich habe das Gefühl, da ist etwas Wahres dran.« Und leise für sich dachte sie: Denn ist es nicht immer anders als es scheint?

Wer war das?

Donnerstag

Wir hatten alle wenig Zeit, aber für eine halbe Stunde konnten wir uns doch in der Stadtbibliothek austauschen. Auf dem Schulhof kein Wort davon, hatten wir uns ausgemacht, und auch zuhause haben wir nichts durchsickern lassen.

Anders als Laura und Lukas habe ich den Schluss auf dem Dachboden auch später nicht als geplantes Theater angesehen. Die Aufregung bei unserem Führer war doch echt. Ich stand doch direkt neben ihm und habe gesehen, wie seine Hand etwas zitterte, als er merkte, dass er sein Handy nicht mitgenommen hatte. Aber über die verbliebenen Fragen sind wir uns einig: Was war denn überhaupt gewesen? Wer war dieser Mister Mysteriös? Warum hat er sich nicht vorgestellt und warum hat er sein Gesicht zuerst nicht gezeigt? Woher hatte er unsere Namen und den Schlüssel? Den hat Tante Melanie nicht einmal. Warum hat er anfänglich nicht mit uns gesprochen? Was wussten der Pförtner und Tante Melanie, was wir nicht wussten? Unsere Fragen überschlugen sich. Jetzt sollten wir erst einmal ein paar Antworten rauskriegen, meinten Lukas und Laura.

Aber für mich ist die Fragerei noch lange nicht zu Ende. Wer war das? Ich meine den Anderen, *die huschende Gestalt. Außer mir hatte ihn niemand gesehen. Warum hatte er uns ausgesperrt?*

Wie sollte es jetzt weiter gehen?

Laura wollte Marie und Lukas die Fotos zeigen, die sie heimlich mit ihrem Handy aufgenommen hatte.

»Das hast du ja so geschickt angestellt, dass selbst wir nichts davon gemerkt haben«, fand Marie.

»Hier ist ER. Aber leider nur als schwarze Schattenfigur, und hier von hinten, hier sieht man wenigstens sein Kinn. Aber hier auf dem Foto, als er Marie die Stufe hochhilft und sich etwas hinunterbeugen muss, sieht man, dass er braune Halbschuhe trägt und man erkennt ein Stück des Ärmels einer karierten Jacke unter dem Umhang und eine viereckige Armbanduhr.« Lukas schoss Marie einen Blick zu. Sie stand wie vom Donner gerührt da. Aber sie sagten nichts.

»Hier ist noch ein Foto vom Flur, und hier sind noch vier vom Büro.«

»Du hast ja sogar die beiden Angestellten fotografiert und ihren unordentlichen Schreibtisch mit Essensresten. Das ist aber political not correct, würde Frau Siebert sagen«, Lukas lachte.

»Wenn ich einmal Foto-Reporterin werden will, muss ich jetzt schon üben«, erwiderte Laura.

»Üben unkorrekt zu sein?«, fragte Marie. Noch kühler, noch eisiger konnte kein Blick sein.

»Jetzt ist es 17.30 Uhr, um sechs muss ich zuhause sein, weil ich später noch mal mit da Vinci los muss«, sagte Lukas.

»Vielleicht sollten wir uns keine großen Fragen mehr stellen, sondern einmal alles sammeln, was uns aufgefallen ist, damit wir ein paar Fakten haben«, schlug er vor.

»Ich mache mal den Anfang, weil mir direkt aufgefallen ist, dass Mister Mysteriös irgendwie nach Zigarrenrauch roch und ich fand, die paar Worte, die er murmelte, hatten einen süddeutschen Klang«, schloss Lukas.

»Es kam mir vor, als ob er den rechten Fuß etwas nachzog. Ich bin doch immer direkt hinter ihm gewesen und seine Wangen waren hohl oder irgendwie eingefallen«, sagte Laura.

»Er ist schlank, etwa 1.80 m groß und kennt sich da oben nicht nur aus, sondern fühlt sich dort auch sichtlich wohl. Er sprach im Flüsterton und bewegte sich hoheitsvoll wie ein Schauspieler«, meinte Lukas.

»Ich schätze ihn etwa auf sechzig Jahre, und ich fand ihn zeremoniell und abweisend, aber zugleich auch fürsorglich. Ich vermute, dass er Linkshänder ist. Alle Gesten hat er mit links gemacht, auch die Tür aufgehalten. Im Büro hatte er eine ganz andere Stimme. Sonst ist mir noch aufgefallen, dass der Speicher wie geleckt aussah, von wegen Mäusedreck und nirgends Spinnennetze«, ergänzte Marie.

Damit hatten die drei schon einige Anhaltspunkte zusammen. Nur im Büro hatten sie ihren Führer eine Minute ohne Kopfbedeckung gesehen. Würden sie ihn auf der Straße wiedererkennen? Während sie für ihn, mit oder ohne Cape, auf den ersten Blick Laura, Lukas und Marie waren.

Nun wollte Laura von Lukas wissen, wo denn das Schwarze Loch war.

»Es ging alles so schnell. Wie war das mit dem Antwortschreiben? Ich habe es überhaupt nicht mitbekommen.«

»Marie rief mich an und sagte mir, dass die Stelle im Bacchus-Keller unter einem Wandgemälde wäre. Die spannende Geschichte dazu sollten wir einmal zusammen nachlesen. Ich ging also mit dem Brief, auf den ich das Stichwort geschrieben hatte, in den Ratskeller, aber die wollten mich zuerst nicht rein lassen, mit Hund schon gar nicht.«

»Mit Hund?« Marie und Laura riefen es wie aus einem Mund. Lukas schlug sich vor die Stirn und bekannte dann: »Ich meine mit da Vinci.«

»Aha, sehr gnädig, jetzt wissen wir wenigstens, wer **das** ist«, Laura verdrehte die Augen.

»Ist es ein Jagdhund?«

»Jaaaah, Marie, es ist ..., es ist ein Jagdhund.« Warum stammelte Lukas denn so? Aber da fiel ihm auch schon ein, dass er schnell weg musste.

Doch vorher meinte Marie: »Jetzt würde ich gern noch einmal ohne Angst über die Geheimtreppe gehen.«

»Aber das wäre doch nur halb so spannend.« Darin waren sich Lukas und Laura einig. Alle drei meinten, dass es sich gelohnt hatte, denn diesen Weg war keiner der berühmten Gäste bei einer Rathausführung gegangen. Und sogar Marie gab zu, dass es unbedingt dazu gehörte, auf einer Geheimtreppe ein wenig zu bibbern.

So ganz ohne neuen Auftrag

»Guckt mal, da oben auf dem Balkon waren wir.«

»Ich kann es kaum glauben.«

»Würden wir auf einer Karte alle Punkte, an denen wir gewesen sind, einzeichnen und sie dann mit einer Linie verbinden, käme vielleicht ein Labyrinth dabei heraus«, sagte Marie.

»Und das Rathaus bildete den Mittelpunkt«, meinte Laura.

»Guckt mal, ich finde es lustig, dass unten in dem windschiefen Häuschen, das wie an die Liebfrauen-Kirche angeklebt aussieht, jetzt ein Imbissstand ist. Früher wohnte der Küster dort, heute kostet da eine Rostbratwurst mit Kartoffelsalat 3,30 €.«

»Schon ein blödes Gefühl für Spurenjäger so ganz ohne Auftrag hier herumzustreunen«, fand Lukas.

»Kommt, wir gehen auf die andere Seite, da Vinci zerrt mich schon die ganze Zeit dahin.« Lukas ließ sich einfach vorwärts ziehen. Es muss noch erwähnt werden, dass Lukas da Vinci nicht ganz freiwillig mitgebracht hatte. Jetzt war auch klar warum. Da Vinci ist ein ziemlich kleiner, ziemlich alter Rauhaardackel, aber er ist sehr neugierig und quirlig. Jetzt unternahmen sie viel zu viert, das war noch spaßiger.

»Was ist denn da los? Die sehen ja aus wie von der leibhaftigen Panzerknackerbande!«, rief Lukas ganz aufgeregt.

»Wo denn?«

»Da drüben vor der Deutschen Bank. Los, wir laufen mal rüber.«

Zwei bullige Typen stiegen aus einem Kleintransporter. Sie trugen staubgraue Overalls, gleichfarbene Kappen, deren Schirme ihre Gesichter überschatteten, dazu Halbstiefel und Arbeitshandschuhe. Der eine ging in die Bank. Der andere dirigierte das Auto so nah wie möglich direkt vor den Eingang, bevor auch er in der Bank verschwand. Der Dritte blieb bei laufendem Motor hinter dem Steuer sitzen.

»Die wollen bestimmt beim Geld zählen helfen«, sagte Lukas.

»Falls es eine Schießerei gibt, müssen wir uns platt auf den Boden werfen«, meinte Marie. Laura schwieg, aber diesmal merkten sie, dass sie ihr Handy benutzte. Der im Auto sah zu den Kindern herüber. Warum reagierte denn keiner? »Mitten im Gewühl sind die am sichersten, weil keiner auf sie achtet«, raunte Laura Marie zu. Da Vinci war fürchterlich unruhig und winselte.

»Tiere merken, wenn etwas nicht stimmt«, meinte Lukas. Inzwischen waren sie ganz nah am Eingang. Es war ein Kommen und Gehen und sah sehr komisch aus, wenn sich die automatischen Türen immer nur halb schlossen, weil schon wieder die nächsten rein oder raus wollten.

»Da kommen unsere Brüder.« Lukas' Stimme klang belegt.

»Mann, haben die aber einen Zahn drauf«, flüsterte Laura. Für das Tempo der Männer öffneten sich die Türen etwas zu langsam. Plötzlich entstand ein fürchterliches Handgemenge, Bellen und Fluchen. Einer der Männer lag am Boden in einer roten Lache. Es war doch gar kein Schuss gefallen! Wo kam denn die Polizei so plötzlich her? Was war geschehen?

In dem Augenblick, als die Männer die halb geöffnete Tür passieren wollten, waren sie mit ihrer schweren Geldkassette gegen den Metall-Türrahmen gestoßen. Bei dem unerwarteten Aufprall hatte sich da Vinci losgerissen und war dem einen vor die Beine gerast, der hatte sich daraufhin in der Leine verheddert und war nach vorn auf das Pflaster gestürzt, während der andere sich gerade noch aufrecht halten konnte.

»Schreck lass nach, woher kommt die Blutlache? Das sieht ja grässlich aus!« Verstört und blass um die Nase sahen sich die Spurenjäger an.

Erst einmal waren sie fassungslos. Da Vinci hatte seinen Teil abbekommen und sah wie ein kleiner, roter Kobold aus. Aber wieso wurden die beiden nicht festgenommen? Unser Hund war doch ein Held, der ein großes Ding vereitelt hatte. Jetzt wurden sie aufgeklärt: »Dieses ungewöhnlich leuchtende Rot rührt von einem Farbmechanismus her, der ausgelöst wurde, als die so genannte *Kralle*, mit der der Mann den Griff der Kassette hielt, während des Falls abglitt.« Das erklärte ihnen Wachtmeister Kaastendyk. Es handelte sich um einen legalen Geldtransport. Die beiden »Ganoven« waren Sicherheitsleute. Da es sich heute wirklich um ungewöhnlich viel Geld in einer außergewöhnlich schweren Kassette handelte, wurde der Sicherheits-Transporter so nah wie möglich an den Eingang herangefahren.

Die drei Kinder hätten im Gegenteil noch Glück gehabt, dass der Hund sich erst auf den Knall hin losgerissen hatte und nicht schon vorher. Inzwischen war der Fahrer aus dem Wagen gesprungen und sah sie wütend an: »Wirklich Schwein gehabt, sonst hättet ihr jetzt ein ziemliches Problem.«

»Verdammt schade um das schöne Geld«, sagte einer der beiden anderen.

»Wieso?« Jetzt verstanden die drei gar nichts mehr.

»Es ist doch nichts geraubt worden.« Verständnislos sah Lukas von Laura zu Marie. Nochmals nahm Wachtmeister Kaastendyk sich ihrer an, besonders, weil sie noch immer ein wenig bleich waren und verdattert herum standen.

»Das ist so«, erklärte er, »Die *Krallen* der beiden Geldtransporteure sind wie ein Armband an deren Handgelenk befestigt. Aus Sicherheitsgründen kann man sie nur mit einem Schlüssel lösen. In dem Augenblick, in dem eine *Kralle* mit Gewalt vom transportierten Gegenstand gelöst wird, wird automatisch die Polizei alarmiert. Zugleich tritt der Farbmechanismus in Aktion, um den Angreifer kenntlich zu machen. Der geht nicht nur von der Kralle aus, sondern auch in der Kassette macht eine rote Farbe das Geld ungültig. Dass der Hund sich losgerissen hat, war Pech, aber ihr hattet Glück, dass ihr beweisen könnt, dass er angeleint war. Passt trotzdem nächstes Mal etwas besser auf.«

»Wie konnten wir uns so täuschen lassen?«, fragte Lukas und schaute ungläubig auf die ganze Bescherung.

»Ich glaube, die Dachbodengeschichte hängt uns doch noch etwas nach«, dachte Marie laut, und leise: Es ist eben wirklich nichts, wie es scheint.

Es ist nicht zu fassen

Marie erinnerte sich an einen merkwürdigen Traum und hielt alle Einzelheiten so genau wie möglich in ihrem Tagebuch fest.

Freitag

Am Zeitungs-Kiosk vorbei steige ich die Kachelstufen hinunter. Es erwartet mich gleißendes Neonlicht und ein leerer, niedriger, gekachelter Gang. Weiter nach links noch ein paar Stufen hinunter, dann kommt eine schwere Eisen-Tür. Sie füllt die Höhe des Ganges aus. Wo hatte ich so eine merkwürdige Tür schon einmal gesehen? Richtig, bei Kühlhäusern. Die Tür steht sperrangelweit offen, und auf der Innenseite klebt ein Zettel, auf dem in roter Schrift steht:

Duschen: 2,50 €

WC – Benutzung: 50 Cent

Bezahlung im Voraus

Der Abstieg in die Unterwelt hat wirklich nichts Einladendes, aber der Gang unter die Stadt fasziniert mich.

»Lasst jede Hoffnung fahren, wenn ihr eingetreten«, zitiert Papa immer, wenn er sich in einer fremden Stadt verfahren hat

oder wenn er in ein Hotelzimmer kommt, das er wenig Vertrauen erweckend findet.

Ein neuer Flur tut sich auf, nochmals grelle Beleuchtung, sie wird aber bei jedem Schritt trüber. Die Wände gleichen einem Kellergewölbe und bestehen aus großen Stein-Quadern. Woran erinnern mich diese Steine? Wasser rinnt hinab. Überall ist ein Getröpfel und Getuschel in der Luft. Jetzt muss ich mich ganz schön anstrengen, um meinen Weg oder sonst noch was zu erkennen. Es geht schräg hinab. Als sich meine Augen an dieses Dämmerlicht gewöhnt haben, bemerke ich zu beiden Seiten Säulen und Figuren. Auch sie glänzen feucht. Schade, dass die schmückenden Masken alle so bösartig sind. Ich schaue nicht genau hin, weil ich mir sonst einbilde, sie schnitten mir Fratzen. Dort hinten blinkt etwas auf dem Boden, doch als ich es aufheben will, ist nichts mehr da. Dabei fällt mein Blick auf meine Füße. Wo habe ich meine Schuhe gelassen?

Plötzlich stehe ich vor einem Netz aus Verzweigungen. In welche Richtung soll ich gehen? Ich nehme den mittleren Gang, weil auch dort etwas auf dem Boden schimmert. Und auch dort noch und da gleich links. Es ist so ein kostbares Glimmern, das mich in dieser Umgebung verwundert. Ich bücke mich und bücke mich, aber immer wenn ich meine Hand danach ausstrecke, ist der glänzende Gegenstand verschwunden. Wie lange bin ich jetzt schon hier unten? Wo will ich hin? Ich habe das Zeitgefühl verloren. Aber umkehren möchte ich auf keinen Fall. Ich muss herauskriegen, was das ist, was ich nicht richtig sehe und nicht greifen kann. Ist es vielleicht ein Irrlicht? Jetzt gibt es rechts und links kleine Türen. Sie sind so schmal, dass ich seitwärts gehen müsste, um hindurch zu gelangen und so niedrig, dass ich mich bücken müsste, wollte ich eintreten. Aber alle sind mit Riegeln und Vorhängeschlössern gesichert. In einer steinernen Nische steht ein Miniatur-Roland mit einem Elefantenkopf. Er schwenkt seinen Rüssel bedrohlich in die Höhe. Auf einmal kommt eine Reihe winziger Fenster, eigentlich sind es eher Schießscharten. Gerne würde ich hindurch sehen, aber irgendetwas hält mich davon ab. Ist es die feindselige Stille? Oder vielleicht ist es das flackernde Licht auf der anderen Seite? Es scheint ein Gesicht zu formen, einen hellen Fleck, in dem zwei dunkle Augen zu mir herüber starren. Dann scheint es wieder zu zerfließen und von neuem zu entstehen.

Jetzt merke ich, dass ich mich sehr unvorsichtig in dieses unentwirrbare Knäuel von Gängen hinein begeben habe, denn es ist nicht nur unübersichtlich, die Wege führen immer noch leicht abwärts. Wie tief unter der Erde mag ich sein? Gerade als ich verzweifelt rufe: »Ich will wieder nach oben«, springt mir da Vinci entgegen. Diesmal ist er blau eingefärbt. Er trägt meine Schuhe im Maul. So ein Glück! Ich bin nicht mehr allein. Denn mich überläuft ein kalter Schauder, als mir meine eigene Stimme aus allen Richtungen und vielstimmig verzerrt entgegen schallt: Ichch wiiill wiedeeer naach ooobeen. Jetzt habe ich einen Lotsen, jetzt finde ich zurück aus der Unterwelt.

Träume sind keine Schäume

Schon oft wollte Marie diese Treppe hinunter gehen und zwar im hellen Tageslicht, aber nicht barfuß, wie sie das im Traum getan hatte. Bisher war sie jedes Mal nach ein paar Stufen wieder umgekehrt, denn sie hatte doch gar keinen Grund dazu. Außerdem machte der Ort einen öden und trostlosen Eindruck. Dummerweise kam ihr wie im Traum auch dieses Mal das Zitat in den Sinn. *Lasst, die ihr eintretet …* »Ich muss Papa endlich einmal fragen, von wem es stammt. Warum soll ich alle Hoffnung aufgeben? Ich denke gar nicht daran!« murmelte sie vor sich hin.

Vielleicht bildete sie sich ein, eine geheime Verbindung zum Grabungsfeld unter dem Marktplatz zu finden. Natürlich wusste sie, dass es ein Wunschtraum war. Und plötzlich wusste sie auch, wieso sie diesen Traum gehabt hatte. Auf ihrem Schreibtisch zuhause lag das Buch noch aufgeschlagen, in welchem sie sich die historischen Gänge und Gewölbe angesehen hatte, die für einige Zeit sichtbar waren, bevor der Marktplatz neu gepflastert wurde.

Damals standen sie mit der ganzen Klasse um das Grabungsfeld herum. Sie beugten sich über die Absperrung und diskutierten wild durcheinander. Herr Nordsiek, der ihnen in dem Jahr Geschichte gab, geriet richtig in Fahrt, als er die Klasse auf die Überreste der Kellerwände eines alten gotischen Hauses hinwies. Es war das so genannte Balleersche Haus, in dem eine reiche Kaufmannsfamilie gewohnt haben musste. Später im Unterricht ließ er dieses Haus mit seinen Steinkammern, Bohlen und Eingängen bis zu den Dachziegeln neu für seine Schüler entstehen. Er richtete es auch vollständig ein. Denn man hatte in der Nähe nicht nur die Feuerstelle, Tierknochen, Abfallgruben und backsteingemauerte Brunnen gefunden, in Topfscherben hatten sich sogar noch verkrustete Speisereste erhalten. Verkohltes Holz und verbrannte Fischreste ließen auf einen schrecklichen Brand schließen …

Von einer freigelegten Befestigungsmauer konnte man noch ein Stück im Rathauskeller sehen … Es gab eine Befestigungsmauer zwischen Rathaus und Haus der Bürgerschaft …

Grübelnd und etwas zögerlich stieg Marie jetzt die gekachelte Treppe weiter hinunter. Halb genoss sie das gruselige Gefühl, das sie auch immer überkam, wenn sie die Treppenstufen zu einer U-Bahn-Haltestelle in einer anderen Stadt hinunterstieg. Beim Eintauchen in ein solches Reich musste sie jedes Mal an ein riesiges Aquarium denken. Bis zur ersten Biegung gab es in dieser Kacheleinöde wahrhaftig nichts mehr zu entdecken. Man hörte keinen Laut, alles war menschenleer. Fast könnte man glauben, nach der nächsten Kurve käme ein Schwimmbad oder eine Sauna. Es gab nicht den kleinsten Hinweis auf das Leben, das früher hier einmal stattgefunden hatte oder auf das jetzige Leben auf dem Domshof über ihrem Kopf …

Da bog plötzlich jemand wie ein geölter Blitz um die Ecke, streifte sie am Arm und fluchte: »Du hast mir gerade noch gefehlt!« Und obwohl alles rasend schnell ging, kam dieser Mensch ihr bekannt vor, besonders der gehetzte Ausdruck der Augen. Las sie Furcht oder eine Drohung darin? Das war kein Blick, der sie zufällig traf. Trotz der Hast, blieb er den Bruchteil einer Sekunde zu lang auf sie gerichtet. Marie merkte, auch auf der anderen Seite gab es ein Erkennen oder Erinnern.

Ohne, dass sie es mitgekriegt hatte, war sie die Stufen schon wieder hinaufgewetzt und nahm die Verfolgung auf. Doch da gab es nichts zu verfolgen. Sie drehte sich um zur anderen Seite, und da sah sie gerade noch einen Rücken und ein Bein um die Rathaus-Ecke verschwinden. Sonst war weit und breit niemand. Merkwürdig, wie war das um diese Uhrzeit möglich?

Mitten am Tag, mitten in der Stadt Totenstille, nichts und niemand? Sie war sich nicht mehr so sicher, was sie überhaupt gesehen hatte. Doch! Eins war sicher: Der Mann trug eine Tasche und – todsicher eine karierte Jacke – und sie hatte ihn schon einmal gesehen. Diesen Gesichtsausdruck hatte sie nicht vergessen. Wohin der Flüchtende auch verschwunden war, sie holte ihn sowie so nicht mehr ein. Sollte sie den Pförtner vom Rathaus …? Nein!

Ein plötzlicher kurzer Regenschauer fegte über den Domshof. Die eisigen Tropfen kühlten ihre erhitzten Gedanken ziemlich schnell ab. Während sie etwas ruhiger über alles nachdachte, fielen ihr die steinernen »Smilies« an der Rathauswand auf. Das in der Mitte lachte, während die beiden seitlichen die Mundwinkel nach unten zogen. Sie dachte, so ähnlich wird jetzt auch mein Ausdruck sein. Etwas höher an der Fassade gab es die Steinskulptur von einem nackten Kind. Eine Ente zog ihm mit ihrem Schnabel das Ohr lang. Ach so, stimmt auch, Putto wurde dieses Wesen ja genannt. Was sollte ihr das sagen?

Dass sie zugeben sollte, dass sie in den letzten drei Tagen etliche Leute mit karierten Jacken gesehen hatte? Es waren auch Kinder darunter. Zu viele Phantome auf einmal, um ernst genommen zu werden! Warum hatte sie eigentlich nie davor Leute mit karierten Jacken gesehen? Ob es gerade Mode wurde? Schaute sie sich jetzt auf dem Domshof um, war er nicht mehr leer. Die Hälfte der vorüberlaufenden Männer trug eine Tasche und die Hälfte dieser Hälfte lief mit einem gehetzten Gesichtsausdruck herum. Das besagte also überhaupt nichts.

Nun ging sie zum dritten Mal mit suchendem Blick erfolglos am Marcus-Brunnen vorbei. Dreimal ist Bremer Recht. Das Gegenteil von Recht ist Unrecht. Sie hatte so ein Gefühl …

Ach was, sie langweilte sich doch bloß. Aber weil sie seit einiger Zeit versuchte, die alte, verborgene Stadt hinter der modernen zu finden, braute sich in ihrem Kopf eine Geschichte zusammen, die sich hinter den alltäglichen Geschichten verbarg. Sie musste sie nur noch finden!

Sie hatte so eine Idee …

Alles Gute kommt von oben

Das war knapp! Was da haarscharf an Maries Schulter vorbei flatschte, stammte von einer Taube. Das bringt Glück! Wann, wozu, weshalb? Was weiß ich? Hauptsache Glück, sagte sie sich. Und die Versicherung, dass es auch wirklich eintrat, bestätigte ein winziger Klecks auf ihrer Schuhspitze. Plötzlich hatte sie einen Ohrwurm: Marie, Marie, jetzt oder nie! Es hieß doch, dass man das Glück bei den Hörnern packen müsse.

Automatisch griff sie in ihre rechte Jackentasche. Darin lag ihr Handschmeichler und Glücksbringer, eine rotbraune, glänzendglatte Kastanie. Alle anderen, die sie gesammelt hatte, waren ziemlich schnell verschrumpelt und unansehnlich geworden. Nur diese eine nicht.

Aber wo war sie? »Ich habe sie verloren! In der Schule habe ich sie doch noch gehabt«, stieß sie unwillkürlich hervor. Es wurde schon wieder dämmrig, wie konnte sie ihren unscheinbaren Talisman da finden? Vielleicht wurde er schon zertreten? Sollte sie etwa noch ein drittes Mal …? Ja!! Wie im Traum ging sie wieder diese Treppe hinunter. Fast abergläubisch schaute sie auf ihre Füße, natürlich steckten sie in Schuhen und auf dem rechten leuchtete der kleine Klecks; das beruhigte sie. Da kam sie schon an die erste Biegung und machte vor Freude einen Luftsprung: Da lag ihr Glücksbringer unversehrt.

Als sie die Kastanie aufhob, fühlte Marie, dass sie rau von Mörtel oder Sand war. Mechanisch richteten sich ihre Augen nach oben. Es fiel nur auf, wenn man genau hinsah. Da waren zwei Kacheln, die etwas uneben aus der ganzen Wand hervortraten. Die Farbe ihrer Fugen war dunkler als die der anderen. Ob sie noch feucht waren? Marie reckte den Arm hoch, konnte sie aber mit der Hand nicht erreichen. Ob da etwas repariert worden war? fragte sie sich. Im Augenblick blieb ihr nichts anderes übrig als nachhause zu gehen. Sie würde schon noch dahinter kommen! Dahinter? Es durchfuhr sie wie ein elektrischer Schlag. Oder brauchte sie wieder einen kalten Regenschauer, um ihre überhitzten Gedanken abzukühlen?

Als sie die Stufen langsam wieder nach oben stieg, regnete es nicht mehr. In der Tasche umschloss ihre Hand die Kastanie. Marie achtete darauf, dass ihr Glücksklecks nicht vom Schuh verschwand – und doch hatte sie ein mulmiges Gefühl. Es war ihr, als würde sie beschattet. Als sie die Stufen noch langsamer hochstieg und ihr Gesicht hob, kreuzte sich ihr Blick für den Bruchteil einer Sekunde mit einem anderen. Dann verschwand ein Kopf ruckartig, der sich seitlich von oben über die Treppe gebeugt hatte. Aber dieser Blick hatte genügt, um Marie einen eisigen Schauer über den Rücken zu jagen. Auch wenn sie es unterdrücken wollte, musste sie sich auf dem Heimweg alle zwei Minuten umdrehen. Trotzdem konnte sie nicht herausfinden, ob ihr jemand folgte. Sie hielt die Spannung nicht mehr aus. Hinter einer Straßenbiegung blieb sie stehen, und ihr Herz, das vorher wild geschlagen hatte, drohte fast auszusetzen, als **Es** plötzlich vor ihr stand. Die Gestalt riss einen Arm wie zum Schlag hoch. Automatisch duckte Marie sich blitzschnell, und der Arm sauste ins Leere. Sie sprang in den Bäckerladen in der Franziskanerstraße. Drinnen war es hell, warm und duftete herrlich. Hier kannte man sie, weil ihre Mutter das Lieblingsbrot der Familie hier besorgte. Nach der Schule kaufte Marie sich gern Bremer Kluten oder Babbeler. Dabei versuchte sie immer ein paar Worte plattdütsch mit der Bäckerin zu schnacken. Die war stolz auf ihren Klaben und erklärte gern, dass in den noch mit der Hand gedrehten Babbeler Pfefferminzöl wäre und dass die Technik wohl bald aussterben würde und und und … Aber jetzt war Marie nicht fähig, auch nur ein Wort herauszubringen. Florian, der Sohn der Bäckerin, brachte sie nachhause. Es waren doch nur noch wenige Meter.

»Ich fürchte, ich werde krank«, stammelte sie mühsam zur Erklärung. Ihr Verstand war wie ausgeschaltet. Sie hatte wie eine Maschine funktioniert. Aber nun hatte sie die Botschaft ihres Ohrwurms begriffen: Würde sie nach diesem Erlebnis keinen guten Einfall bekommen, bekäme sie ihn nie! Außerdem hatte sie die Hauptsache begriffen: – Jetzt wusste sie, wer das Phantom war!

Aber wenn das kein guter Einfall war, was war das sonst?

Gerücht oder Gericht?

Am nächsten Tag fragte Lukas Laura auf dem Schulhof: »Hat Maries Tante auch bei deinen Eltern angerufen?«

»Ja, es muss sich um etwas sehr Wichtiges handeln, aber meine Mutter wollte mir weiter nichts erklären.«

»Das finde ich ziemlich ärgerlich.«

»Weißt du mehr, Marie?«

»Nein, Mama war sehr ernst. Ich habe nur gehört, wie Tante Melanie zu ihr gesagt hat: Das ist auch für die Kinder eine bittere Pille, darum lade ich sie zu Kakao und Kuchen ein, um ihnen die Sache etwas zu versüßen. Am besten wir treffen uns bei euch.«

Und am Nachmittag erfuhren sie Folgendes:

In der letzten Zeit hatten im Rathaus viele Festlichkeiten und Führungen stattgefunden. Bald fiel auf, dass einige, wenige Teile des kostbaren Ratssilbers verschwunden waren. Doch inzwischen fehlte ein beträchtlicher Teil. Tante Melanie, die die Verantwortung dafür trug, dass dieser Schatz gepflegt wurde und vollständig blieb, war einem Nervenzusammenbruch nahe. Bisher durfte nichts davon nach außen dringen, da man hoffte, dass das Besteck nur falsch weggeräumt wurde. Eigentlich hatte es seinen Platz in einem alarmgesicherten Tresor, zu dem nur zwei Personen einen Schlüssel hatten.

Und dann hatte sich plötzlich gestern im Rathaus ein ganz anderer Zusammenhang hergestellt. Im Spind des Büros, in dem die Kinder nach ihrem Geheimgang-Abenteuer Tee getrunken hatten, machten Ermittler der Kriminalpolizei einen Fund. Im noch immer feuchten, schwarzen Samtumhang ihres Mister Mysteriös fand die Polizei fein gebündelt sechs silberne Messer, sechs Gabeln und Suppenlöffel sowie fünf Teelöffel. Das ganze steckte in einer Kaufhaustüte. Auf keinen der langjährigen Angestellten fiel auch nur der Schatten eines Verdachts. Der einzige Fremde außer den drei Kindern in diesem Raum war ihr mysteriöser Führer gewesen. Aber im Rathaus war er nicht unbekannt und auch schon von der Polizei vernommen worden. Mehr bekamen sie aus Tante Melanie nicht heraus, nur …, dass inzwischen noch mehr Silber fehlte und zwar spurlos.

»Es tut mir schrecklich leid, aber ihr werdet in diese Angelegenheit mit hineingezogen. In zehn Minuten fahren wir zusammen auf die Polizeiwache im Revier, dort wollen sie euch zu der Angelegenheit befragen. Eure Eltern wissen, dass ich euch begleite und dann nachhause fahre. Schon in der nächsten Woche könntet ihr einen Brief von der Staatsanwaltschaft bekommen, falls sich ein gewisser Verdacht erhärtet. Darin würdet ihr als Zeugen geladen. Eure Aussage heute ist sehr wichtig.«

Marie verschluckte sich am Butterkuchen und musste fürchterlich husten. Lukas fand als erster seine Sprache wieder und stellte fest: »Du hast Glück Marie, dass du heute lebst, im Mittelalter wäre das jetzt schon ein verdächtiges Zeichen gewesen.« Vor Anspannung sprachen alle sehr leise.

»Und wenn wir zu dem Zeitpunkt, an dem wir unsere Aussage machen sollen, gerade Schule haben, was machen wir dann?«, fragte Laura.

»Der Protokollführer wird euch eine Entschuldigung schreiben, in dem er die Dauer der Vernehmung bescheinigt«, wollte Tante Melanie sie beruhigen. Aber Laura war nun erst recht beunruhigt: »Werden wir vernommen? Werden wir verdächtigt?«

»Das nennt man so, Zeugenvernehmung. Keiner von uns nimmt an, dass ihr auch nur irgendetwas damit zu tun habt. Aber es könnte ja sein, dass ihr etwas Verdächtiges gesehen habt. Ich habe es euren Eltern auch schon gesagt, damit sie über die Sache informiert sind und sich nicht unnötig aufregen. Aber während der Vorermittlungen soll noch nichts an die Öffentlichkeit dringen.«

»Das berühmte Silber mit dem Bremer Wappen ist auf dem Antiquitäten-Markt doch unverkäuflich. Wer kann denn damit etwas anfangen?«, fragte Maries Mutter. Da antwortete Ivo, den sie ganz vergessen hatten, aus dem Hintergrund wie aus der Pistole geschossen: »Ich würde nachts mit meinen Freunden heimlich Feste feiern und dann mit diesem berühmten Silberbesteck essen. Das ist richtig cool!« Dieser Knirps hört die Flöhe husten!

Es wird Ernst

Auf der Wache bat sie der Dienst habende Beamte um die genaue Beschreibung eines der beiden Angestellten, die sie nach der Führung im Büro des Rathauses gesehen hatten:

Groß, hager, Kopf bedeckt, stechende Augen, angespannt, etwa vierzig Jahre alt, harter Gesichtsausdruck, leise, belegte Stimme, flinke Bewegungen. Das war Maries Beschreibung. Sie sollten die äußeren Eigenschaften des Mannes im blauen Pullover auflisten, die ihnen aufgefallen waren. Laura beschrieb ihn so: Schlank, sehnige Hände, dunkle Augen im Schatten seiner Schirmmütze, geschicktes Bücken, spitze Nase, ironischer Zug um den Mund.

Bei Lukas sah er so aus: Sportlich durchtrainiert, kräftig, schwarze Baseballkappe, unfreundliches Anstarren, wütend und blass, merkwürdig gequetschte Stimme.

Den Kindern wurden ein paar Fotos und Zeichnungen von verschiedenen Männern vorgelegt. Keiner von ihnen konnte darauf jemanden wiedererkennen.

Der Polizist, der sie vernommen hatte, lobte ihre Beobachtungsgabe. Abschließend wurden sie gefragt, wie viele Personen sie insgesamt bei ihrem Rathausbesuch gesehen hätten. Sie waren sich einig. Sechs Personen hatten sie gesehen: Den Pförtner, ihren Führer, die flüchtende Person auf dem Dachboden, die sie ausgesperrt hatte, Tante Melanie und die beiden Angestellten im Büro. Eine Beamtin hatte die Aussagen der Kinder direkt in den Computer eingegeben. Sie lasen sie noch einmal durch. Auf die Frage, ob so alles seine Richtigkeit hätte, nickten sie. Danach wurden sie gefragt, ob sie noch etwas ergänzen wollten. Laura und Lukas verneinten, und diese Antwort wurde auch für Marie geltend hingenommen. Tante Melanie unterschrieb das Protokoll. Und obwohl sie doch nichts verbrochen hatten, schlichen sie wie begossene Pudel aus der Polizeiwache. Die ganze Atmosphäre hatte sich ihnen aufs Gemüt gelegt.

Dienstag
Ich kann es mit meinem Verstand nicht erklären, warum ich so erleichtert war, dass ich auf den Fotos bei der Polizei niemand erkannt habe. Was wäre gewesen, wenn das Phantom darunter gewesen wäre? Ich konnte mit Laura und Lukas noch gar nicht über die Sache reden.

Außerdem liegt mir im Magen, dass ich etwas unterschlagen habe. Außer mir glaubte niemand einer der übrigen Personen schon einmal begegnet zu sein. Doch ich fand das Thema einfach zu heikel. Ich wollte es auf keinen Fall jetzt an die große Glocke hängen und habe deshalb lieber geschwiegen.

Doch wie soll es weitergehen?

Puzzle

»Nachdem wir unsere Beobachtungen auf der Wache zu Protokoll gegeben haben, möchte ich da vorher schon einmal reingehen.«

»Worein, Marie?«, wollte Laura wissen.

»Na, ins Gerichtshaus, ich laufe doch jeden Tag daran vorbei.«

»Wir gehen am besten mit, denn allein kommt man sich in dieser Burg wie eine Ameise vor.«

»Abgemacht«, sagte Lukas.

»Wann?«

»Gleich heute Nachmittag um 16.18 Uhr«, schlug Marie vor. Die beiden lächelten fast wehmütig. Ihnen fehlte ganz einfach etwas, obwohl es gerade genügend Aufregung gab.

»Aber kommen wir so einfach hinein?«, fragte Lukas.

»Mama hat gesagt, das Gerichtshaus steht für alle offen. Eigentlich ist es ein öffentliches Gebäude«, antwortete Marie.

»Und uneigentlich?«, fragte Lukas.

»Ich weiß es selbst nicht, vielleicht geht man da freiwillig einfach nicht hinein«, meinte sie.

»Es ist eine gute Idee, sich heute freiwillig dort zu treffen, dann kennen wir uns bei der Zeugenaussage schon ein bisschen aus. Dann bis heute Nachmittag am Eingang gegenüber der Post«, entschied Laura.

Nach einigen Erklärungen kamen sie sogar hinein. Sie mussten ihre Taschen und Jacken in einen Behälter auf ein Fließband legen, damit sie durchleuchtet werden konnten. Dann passierten sie das Sonden-Tor und wurden von einer Beamtin nochmals mit der Handsonde kontrolliert. Endlich durften die Spurenjäger ihre Sachen wieder an sich nehmen. Das alles kannten sie von Ferienreisen, hatten aber doch nicht damit gerechnet. Marie musste ihr Schweizer Taschenmesser abgeben. Natürlich bekam sie es zurück, als sie das Gebäude wieder verließen. Nun standen sie in der großen Eingangshalle. Hier gab es zwei Treppenaufgänge. Die Stufen, die Säulen an den Seiten und das Geländer waren aus Sandstein, die Deckengewölbe mit Ornamenten bemalt.

»Sieht es hier nicht aus wie in einem Schloss?«, wollte Laura wissen.

»Fast«, meinte Marie.

»Wieso fast?«

»Ich finde, die vielen nummerierten Türen, diese gekachelten langen Flure und die Justitia mit den verbundenen Augen auf dem Fenster haben etwas von einem Gefängnis.«

»Warst du denn schon einmal in einem Gefängnis?«

»Nein, und doch macht es auf mich diesen Eindruck.« Jetzt mischte sich Lukas ein: »Das war doch auch früher ein Untersuchungsgefängnis, ich glaube, so lange ist das noch gar nicht her. Kommt, wir gehen einmal in den ersten Stock.«

Auf dem ersten Treppenabsatz blieben sie vor dem farbigen Glasfenster stehen.

»Sieht ganz schön kriegerisch aus deine Justitia«, bemerkte Laura.

»Wieso eigentlich meine Justitia?«

»Na, du hast es doch mit diesen alten Sachen und ihren Geschichten, oder nicht?«

»*Sie* ist auf jeden Fall objektiv! Dass sie in der linken Hand die Waage und in der rechten das Richtschwert hält, hat mit Gerechtigkeit und nichts mit Krieg zu tun«, konnte Marie sich nicht zurückhalten zu sagen.

»Wollt ihr hier übernachten, oder warum geht es nicht weiter?«, ließ sich jetzt Lukas hören.

Auch im ersten Stock waren die Wände in halber Höhe gekachelt. Wie im ganzen Haus waren die Glasuren von hell bis dunkelbraun in verschiedenen Abtönungen gehalten. In unregelmäßigen Abständen waren olivgrüne Kacheln eingestreut. Im zweiten Stock waren die Flure, die Türen und Fensternischen ebenso gestaltet. Die Drei waren ganz beeindruckt von der Länge dieser Gänge. An den Decken hingen auf jeder Etage die gleichen riesigen Laternen.

»Die möchte ich nicht auf den Kopf bekommen«, meinte Laura. Sie ging lieber auf der Fensterseite weiter. Beeindruckend waren auch die großen Uhren, die waren nicht direkt an der Wand angebracht, sondern hingen frei an einem schmiedeeisernen Gitter.

»Damit der arme Sünder weiß, welches Stündlein ihm geschlagen hat«, spekulierte Lukas.

»Ich glaube, früher kam man hier leichter rein als heute, aber dafür schwerer wieder heraus«, folgerte Laura. Marie deutete auf ein Schild neben einer Tür. Darauf stand: *Strafvollstreckungskammern.*

»Hört sich das nicht irgendwie grausam nach Schreckenskammern an? Nach Pranger, Auspeitschen oder Brandmarken?«, fragte sie.

»Wir müssen uns eben mal erkundigen, was das heute zu bedeuten hat. Früher waren die Menschen nicht sehr zimperlich mit Bestrafungen.«

»Es wird ja hoffentlich nicht der Raum sein, in dem wir befragt werden«, meinte Laura nachdenklich.

»Aber wenn man das mit früher vergleicht, haben wir doch noch Glück, dass wir unsere Aussage nicht an einem öffentlichen

Rechtstag unter freiem Himmel auf dem Marktplatz machen müssen. Das war noch bis gegen Ende des 17. Jahrhunderts so üblich«, erwiderte Marie ihr.

»Außerdem waren auch die Hinrichtungen öffentlich. Die letzte war Gesche Gottfried, die auf dem Domshof hingerichtet wurde, habe ich gelesen.«

»Marie, du hast ja einen merkwürdigen Geschmack bei der Auswahl deiner Lektüre.« Laura schüttelte sich.

»Als ihr eben aus dem Fenster in den »Gefängnishof« geschaut habt, habe ich auf der Rückseite einer Stellwand ein paar Informationen über die Art gelesen, wie früher Recht gesprochen wurde. Ganz schön heftig, kann ich euch sagen.«

»Wo steht das? Ich will das auch wissen!«

»Da müssen wir ganz zurück zur großen Treppe und dann links in den Gang. Kommt, ich zeige es euch«, sagte Marie.

»Das ist ja grausam!«, rief Laura ganz empört, als sie vor der Anschlagtafel standen.

»Hört euch das an: Hier steht, dass die Missetäter nicht nur ausgepeitscht oder gebrandmarkt wurden, sie konnten auch an der Westseite des Rathauses an Halseisen angeschlossen werden, wobei sie der Neugier und dem Spott der Bürger ausgesetzt waren.« Und Lukas zeigte auf die Stelle, an der stand, dass tausende von Menschen am 21. April 1831 auf den Domshof gekommen waren, um zu zusehen, wie die vielfache Giftmörderin Gesche Gottfried zu einem drei Meter hohen Schafott gefahren wurde.

»Nach der Urteilsverkündigung brach Senator Droste den Stab über die Verurteilte und übergab sie dem Scharfrichter« … »Ich glaub, ich übergebe mich auch gleich«, murmelte Laura, »denn da steht wahrhaftig: *der die Hinrichtung sofort vollzog.*«

»Ich denke, das reicht erst mal an Informationen. Lieber zeige ich euch, was ich vorhin am Ende des Ganges entdeckt habe«, lenkte Lukas ab.

»Doch da müssen wir wieder den ganzen langen Gang zurück.«

»Ja, so weit wie möglich weg von hier«, rief Laura. Sie rannten fast.

»Guckt euch dieses runde Gitter an. Sieht fast wie ein Balkon oder eine Balustrade in einem alten Hotel aus; es fehlen nur noch die Palmen.«

»Mir ist es trotzdem noch schlecht«, sagte Laura.

»Setzen wir uns dort auf die Bank an den großen Tisch und konzentrieren uns wieder auf unsere Angelegenheit«, schlug Marie vor.

»Denn jetzt möchte ich Lauras Fotos gern noch einmal sehen, weil mir gerade ein Gedanke durch den Kopf schießt. Ich hab so eine Idee …«

»Die Fotos vom Dachstuhl?«

»Nein, die vom Büro.« Erst einmal sagte Marie nichts dazu. Sie wollte wissen, ob den beiden etwas auffiel. Ihr fiel auf jeden Fall eine ganze Menge auf, so dass es ihr vor den Augen flimmerte. Sie hatte so ein Gefühl … Schade, dass man Gefühle nicht fotografieren kann, sonst könnte man sie später in aller Ruhe noch einmal überprüfen. Die winzigen Splitter, die vor ihr umher wirbelten, könnten sich zu einem Mosaik zusammensetzen, das ein neues Bild ergäbe. Wenn sie nur nicht so ungeduldig wäre und die richtige Reihenfolge herausbekäme!

»Marie, geht es dir nicht gut? Du bist ganz blass geworden.«

»In meinem Kopf dreht sich alles, denn jetzt weiß ich, wonach ich mich im Traum immer wieder vergeblich gebückt habe.«

»Aber im Augenblick scheinst du doch nicht zu träumen, oder?« Laura kniff ihr leicht in den Arm.

»Hast du das gespürt?«

»Die Wirklichkeit ist aufregender als mein Traum. Schaut euch dieses Foto ganz genau an. Fällt euch denn gar nichts auf?«

»Schreibtisch-Stillleben mit halbem Brötchen und Quarkbecher«, lachte Lukas.

»Bildbeschreibungen haben wir doch schon hinter uns.«

»Ja, aber was steckt in dem Quarkbecher?«, fragte sie ungeduldig.

»Ein Löffel.« Jetzt klang Maries Stimme gereizt: »Nicht ein Löffel, **der** Löffel! Als wir in dieses Büro herein kamen lag dieser Teelöffel auf dem grauen Teppichboden. Erinnert ihr euch, dass er so auffällig glänzte, dass wir alle hinguckten. Der Mann im blauen Pullover hob ihn auf und steckte ihn in seine Quarkspeise. Das passt doch irgendwie nicht, ein Plastikbecher und so ein edler …«

»Der sechste Teelöffel.« Laura sagte es sehr leise und sie starrten sich eine Weile entgeistert an.

»Den kann unser Mister Mysteriös schon mal nicht in seinen Umhang gewickelt haben. Hier ist ein Beweismittel.« Das schien Lukas zu freuen.

»Und dann …«

»Und dann, Marie?«

»Und dann … Ich habe den Mann mit dem blauen Pullover außerhalb des Rathauses schon einmal getroffen, nein sogar zweimal.« Nachdem sie ihre Erlebnisse auf der Treppe und vor dem Bäckerladen erzählt hatte, rief Laura ganz entschieden: »Aber warum hast du das denn nicht auf der Wache erzählt? Wir müssen sofort zur Polizei!«

»Aber warum hast du denn deine Fotos nicht auf der Wache gezeigt?«, konterte Marie. Lukas seufzte nur: »Aber wir sind doch quasi bei der Polizei, außerdem beweist das immer noch gar nichts.«

Auf eigene Faust

»Was meinst du Marie, wie viel Zentimeter fehlten, damit du an die beiden verdächtigen Kacheln herangekommen wärst?«

»Bestimmt über einen Meter.«

»Da wird mein Klapphocker nicht ausreichen«, meinte Laura.

»Aber die Bibliotheksleiter von meinem Großvater auf jeden Fall«, entschied Lukas.

Sie hatten sich einen Plan gemacht. Direkt nach dem Mittagessen wollten sie sich an der Treppe in die »Katakomben«, wie sie sie nannten, treffen. Marie sollte den Domshof im Auge behalten, Laura würde sich auf der Treppe postieren und Lukas würde mit Leiter und Schraubenzieher ausgestattet »vor Ort« erkunden. Geplant, getan.

Auf der Treppe war überhaupt nichts los. Dabei fiel Marie auf, dass sie außer dem Mann mit der karierten Jacke noch nie jemanden dort gesehen hatte. Während sie also oben Wache hielt und mit den Augen die Dächer von Banken, Dom und Rathaus inspizierte, ertönte von unten plötzlich Gepolter und ein Schmerzensschrei. Es war eindeutig die Stimme von Lukas. Als sie mit Laura hinunterstürmte, lag Lukas neben der umgestürzten Leiter und rieb sich sein Knie. Merkwürdig, die Leiter war doch nicht hoch und stand ausgeklappt sehr sicher auf dem Boden. War Lukas ausgerutscht? »Jemand hat mich herunter gestoßen und hat mir dann noch einen kräftigen Schlag in den Rücken versetzt«, ächzte Lukas.

»Dabei hat er wütend ausgestoßen: Nimm dich in Acht, Freundchen.«

»Aber es war doch die ganze Zeit niemand auf der Treppe«, versicherte Laura.

»Er muss schon vorher hier unten gewesen sein, bevor wir kamen«, sagte Lukas, während er stöhnend aufstand: »Es ist halb so schlimm, es war nur so ein Schreck, weil ich gerade versuchte, mit dem Schraubenzieher die dunkleren Fugen um die Kacheln nachzuziehen. Das ging sehr leicht, weil sie ganz weich waren.« Wie auf Kommando schauten alle drei nach oben und hielten die Luft an: Eine Kachel fehlte. Dahinter war ein Loch. *Ich werde schon noch dahinter kommen*, schoss es Marie durch den Kopf. Im gleichen Augenblick stand Laura auch schon auf der Leiter.

»Was siehst du? Spann uns nicht so auf die Folter!«

»Nichts.«

»Lass mich mal rauf, ich bin größer«, rief Marie.

»Deshalb wirst du nicht mehr sehen. Wo nichts ist, ist nichts.« Ein Schatten schoss an ihnen vorbei.

»Ihm nach«, brüllte Lukas.

Sie rannten die Treppe hoch und durch die Fußgänger-Passage, immer der karierten Jacke nach. Doch die enge Straße war sehr belebt und die Drei verloren ihren Mann ständig wieder aus den Augen. Seine Jacke war ihr einziger Anhaltspunkt. Sie fürchteten schon aufgeben zu müssen, als Laura rief: »Da, auf der Treppe am Hinterausgang der Bank.« Und obwohl sie sich ihren Weg ziemlich rücksichtslos durch die Passanten bahnten und ganz atemlos in die Bank stürzten, war von »ihrem Mann« nichts mehr zu sehen. Sie verteilten sich in der großen Kassenhalle, fanden aber niemanden, der eine karierte Jacke trug.

»Er kann sich doch nicht einfach in Luft aufgelöst haben«, rätselte Marie.

»Ein Phantom schon«, fand Lukas. Sie setzten sich in die Sessel vor den Fernsehmonitor mit dem Rücken zur Halle und starrten entmutigt auf die Börsenkurse. *Europäische Aktienmärkte haben Kursgewinn verbucht ... der Dax stieg um 0,6 Prozent auf 8034 Punkte ... der Euro Stoxx lag am frühen Abend mit 0,7 Prozent im Plus auf ...* Höhnisch schnurrte der Sprecher lächelnd die Kurse herunter.

»Ich glaub, ich werd nicht wieder«, japste Lukas.

»Ich fühle mich beobachtet«, flüsterte Marie.

»Wieso, was meinst du?«, fragte Laura.

»Wenn dieser Typ vor uns flüchtet, wird er einen Grund dazu haben. Wir fallen hier als Kinder total auf, während er ganz unbehelligt ist, wenn er seine ka...«

»rierte Jacke ausgezogen hat«, ergänzte Lukas.

»Kommt, verschwenden wir keine Energien, verziehen wir uns, ehe wir dazu aufgefordert werden«, riet Laura, »unsere Aktien stehen heute eben schlecht.« Sie gingen durch den Hauptausgang nach draußen.

»Ich schätze, er ist einfach durch die Kassenhalle durchgelaufen und längst nicht mehr hier. So hat er viel Zeit gewonnen«, sagte Lukas.

Wenn man es wusste, konnte man noch ganz leichte, verwischte Spuren von roter Farbe auf dem Pflaster erkennen. *Nichts ist, wie es scheint* ging es Marie durch den Kopf, und als hätte er ihren Gedanken erraten, murmelte Lukas: »Ich glaube, wir jagen einem Phantom hinterher, das zufällig eine karierte Jacke trägt und das vielleicht nur ein Hirngespinst ist. Schöne Spurenträumer!«

»Aber der Schlag in den Rücken war doch echt?«, fragte Laura prompt.

»Herrjeh, meinen Schraubenzieher und meine Leiter habe ich ganz vergessen, auf der hat schon mein Urgroßvater gestanden.« Die Treppe zu den Katakomben konnten sie vom Bankeingang aus sehen. Sie liefen runter. Die Leiter war weg.

Starker Tobak

Nicht nur die Leiter und der Schraubenzieher fehlten, auch die zweite Kachel war weg. Jetzt wollten sie es genau wissen. Laura stieg auf Lukas Schultern und spähte in den Hohlraum.

»Leer, nein, ein winziger Aufkleber liegt da.« Als Laura herunter gesprungen war, lasen sie, soweit sie das konnten, in goldener Schreibschrift gedruckt:

La Guirmonde
Antiquités Objets de Curiosités
Achat – Vente
Marché Vernaison, Allée 3 – Stand 84
93400 Saint-Ouen

Aus dem, was sie davon verstanden, ging hervor, dass es um Antiquitäten und um den Marktstand 84 ging. Marché aux puces, hatte Marie von ihrer Mutter gelernt, war der Flohmarkt. In Paris hatte sie dort ihre schöne Kette aus alten lila Glasperlen aufgestöbert. Aber hier ging es anscheinend um sehr viel mehr.

»Das beweist noch gar nichts«, ließ sich Lukas wieder verlauten.

»Ich will wieder nach oben. Hier unten bleibt mir die Luft weg«, sagte Marie, »dort können wir besser beratschlagen, außerdem möchte ich die Bürofotos auf Lauras Handys noch einmal studieren. Ich habe noch so eine Idee …«

Sie rannten fast, um ihre Anspannung nicht so zu spüren, und setzten sich in ihre Herberge. So nannten sie die Stadtbibliothek inzwischen. In Maries Kopf bimmelte und klingelte und klickte es. Sie wollte sich den Mann im blauen Pullover noch einmal ansehen. Ja, er war ungewöhnlich groß, eher hager als schlank und trug auch im Haus eine Kappe. Aber nicht allein das war es, was sie alarmierte.

»Lukas, kannst du noch einmal wiederholen, was der Mann ausgestoßen hat, als du den Schlag abbekommen hast?«

»Nimm dich in Acht, Freundchen«, hat er gesagt.

»Kannst du dich noch an seine Stimme erinnern?«

»Nein, dafür sprach er zu leise und heiser, weil er wütend war.«

»Jetzt ahne ich, worauf du hinaus willst, Marie.« Laura nickte ihr aufgeregt zu, und auch sie erinnerte sich an etwas: Als Lukas sich bücken wollte, um den Löffel vom Boden im Büro aufzuheben, weil der mehr in seiner Nähe lag, sagte der Mann im blauen Pullover ziemlich leise und mit ziemlich belegter Stimme: »Lass nur Freundchen, ich mach das schon.«

»Dass ich darauf nicht gekommen bin. Und hier auf dem Foto sieht man, dass der Mann einen Kopf größer als sein Kollege ist. Und wir haben ihn bei der Verfolgung natürlich auch an der dunklen Kappe erkannt, die die meisten Köpfe überragt hat.« Und der Kopf, der sich an der Treppenbrüstung so plötzlich zurückgezogen hatte, trug auch eine dunkle Kappe, dachte Marie.

»Wenn wir gleich nachhause gehen, zählen wir einmal, wie vielen dunklen Kappen wir begegnen. Eine Kappe ist noch kein Beweis«, das war natürlich Lukas.

»Sollten wir nicht endlich die Polizei verständigen?« Laura fand, dass sie schon viel zu lange damit gezögert hätten.

»Aber die Vertiefung in der Wand ist doch leer, wir wissen doch gar nicht, ob und was darin versteckt war«, meinte Marie.

»Sachbeschädigung ist auch strafbar und außerdem fehlt die »antike« – Laura betonte dieses Wort besonders und sprach das i wie üüh aus – Leiter von Lukas.

War es Zufall, dass Wachtmeister Kaastendyk Dienst hatte und die Kinder wie alte Bekannte begrüßte? Er nahm den Fall auf, dieses Mal unterschrieben sie das Protokoll selbst. Langsam wurden sie Profis. Die Sache passte zur Geschichte einer Hehler-Bande, die in Norddeutschland Antiquitäten raubte und Fälschungen auf den Markt brachte.

Wachtmeister Kaastendyk riet ihnen dringend ab, selbst auf Verbrecherjagd zu gehen, es sei zu gefährlich und es käme nichts dabei heraus. Das hätten sie jetzt ja wohl begriffen. Die Spurenjäger waren da ganz anderer Meinung. Die Zusammenhänge, die sie zwischen dem Mann mit dem blauen Pullover und dem Mann mit der karierten Jacke hergestellt hatten, behielten sie vorerst lieber für sich.

Absolute Funkstille?

Es war nicht leicht, Laura und Lukas zu überraschen. Aber heute Morgen war es Marie doch gelungen: »Übrigens habe ich an unserem alten Platz am Marcus-Brunnen eine neue Nachricht gefunden.« Sie war verwundert, dass beide sie fast bestürzt anguckten.

»Wie? Du auch?«, entfuhr es ihnen. Jetzt war Marie überrascht. Dann stellte sich heraus, dass Laura gestern auf dem Weg zur Klavierstunde genau auf der Spitze der Stange, auf der damals der rote Handschuh steckte, eine Botschaft direkt gegenüber dem rechten Knie der Rolandstatue gefunden hatte. Und Lukas behauptete, da Vinci hätte beim letzten Spaziergang gestern Abend plötzlich eine Papierrolle im Maul gehabt. Sie waren alle etwas verwirrt und vielleicht auch enttäuscht, nicht allein im Besitz einer Nachricht zu sein. Am Nachmittag trafen die Drei sich – na, ihr wisst schon wo – um die verschiedenen Zettel miteinander zu vergleichen. Der von Laura war auffällig oft gefaltet. Es war die Rückseite des Briefpapiers eines Hotels, darauf stand ein halber Roman. Lukas nahm ihr den Bogen aus der Hand, hielt ihn gegen das Licht und besah sich das Wasserzeichen, dann drehte er ihn herum und las: PARKHOTEL ALTMÜHLTAL

»Diesmal ist es ja eine Computerschrift und zwar Times New Roman«, stellte er fest.

Liebes Dreigestirn, (da stand wahrhaftig Dreigestirn!)
Überquert den Platz schräg zum Blickwinkel vom Roland.

Geht 3 und nochmals 7 Stufen hoch und zwischen zwei Adlerfiguren durch den geöffneten Türflügel einer verzierten Pforte.

Ergreift den Türklopfer im Löwenmaul und schlagt einmal leise an.

Durchquert zwei Glastüren und geht dann immer geradeaus. Unter dem Deckenleuchter am Ende des langen Ganges wendet euch nach rechts.

Es sind ungefähr 100 Schritte bis zu …

In einem Seitenraum legt eine weiße Rose nieder.

Wie heißt der Königliche Großbrittanische Oberhauptmann, der am 6. May 1796 in Bremen starb, und wo liegt er begraben?

Keine Unterschrift

Obwohl doch nichts Lustiges da stand, mussten alle lachen, Laura am Lautesten.

»Wir sind ja schon einiges gewohnt. Lass mal deine Botschaft sehen, Marie«, forderte Lukas sie auf. Marie entfaltete ein liniertes Blatt von einem Abreißblock.

»Zigarrengeruch«, meinte sie.

»Nein, diesmal eindeutig Zigarettengeruch«, verbesserte sie Lukas. Da stand:

Streckt die Zunge heraus
Hat die Augen verbunden
Zeigt die Zähne im Mund
Blickt grimmig einher
Hat ein Dackelgesicht
Das findet ihr außen am Gericht

Unleserlicher, blauer Schlenker

»Wer suchet, der findet. Wir sollten da Vinci auf historische Details abrichten«, schlug Laura vor.

»Er ist ja der Überbringer der dritten Aufgabe.«

Lukas zog eine schmale Rolle aus dickem, hellgrauem Papier aus seiner Hosentasche. Sie trug deutlich die Abdrücke von kleinen, scharfen Zähnen. In winziger, präziser Schrift stand mit königsblauer Tinte:

Ihr habt Es *gesehen!*

Unterschrift, unleserlich

»Obwohl ich nicht weiß, wie da Vinci zu diesem Fund gekommen ist, scheint seiner mir der einzig echte zu sein.« Lukas schnippte verächtlich mit dem Finger gegen die beiden anderen Nachrichten.

»Genau das behaupten wir auch!«, sagte Marie trotzig.

»Unsere Aufgaben haben noch einen gewissen Sinn. Auf deinem Papier steht bloß eine Behauptung.«

»Ich habe den Eindruck, irgendwer will uns an der Nase herumführen, irgendetwas ist unlogisch. Langsam kann man keinen Zusammenhang mehr herstellen. Marie, können wir nicht bei dir zuhause einmal alle Zettel vergleichen? Bis auf einen hast du sie ja gesammelt.«

»Am besten wir gehen gleich«, schlug sie vor.

Als sie mit einer Tasse Tee in Maries Zimmer auf dem Teppich hockten, holte sie ihre schwarze Mappe mit den gelben Sprenkeln hervor und leerte den Inhalt auf dem Boden aus. Die graue Karte fiel natürlich als erstes auf. Lukas legte die kleine Rolle daneben. Es stach sofort ins Auge: Das war nicht nur das gleiche Papier, auch Schrift und Tinte waren identisch.

»Was ist denn mit der Karte passiert, die sieht ja noch schlimmer aus als vorher?« Entgeistert zeigte Laura auf die kleinen Löcher und die fehlenden Ecken.

»Ich hatte sie auf dem kleinen Tisch dort drüben liegen gelassen und nicht mehr daran gedacht, dass Mäxchen so hoch springen kann und liebend gern Papier anknabbert.«

»Und die ganzen anderen Blätter, was haben die damit zu tun?«, wollte Laura wissen.

»Das sind meine Aufzeichnungen und die Skizzen aus dem Gedächtnis. Ich habe die Route unserer Wege festgehalten, weil ich mal glaubte, dahinter stecke ein Geheimnis und so könnte ich ihm vielleicht auf die Spur kommen.«

»Du scheinst ja zu viel Zeit zu haben«, stichelte ihre beste Freundin.

»Ich konnte manchmal vor Grübeln und Aufregung einfach nicht einschlafen«, erwiderte Marie.

»Die Aufzeichnungen werden wir sicher noch gebrauchen können; du hast ja sogar die Daten und Uhrzeiten dazu geschrieben«, meinte Lukas anerkennend.

»Vielleicht können wir unser Problem etwas einkreisen, denn irgendwer will uns die ganze Zeit davon ablenken«, fand Laura.

»Aber welches Problem haben wir denn eigentlich?«, fragte Marie.

»Eigentlich haben doch die anderen ein Problem«, und sie ergänzte: »Manchmal beginnt alles ganz harmlos und dann steckt plötzlich etwas ganz anderes dahinter, etwas, von dem wir bisher keinen blassen Schimmer gehabt haben.«

»Wir haben uns doch von Anfang an gefragt, welchen Zweck die Sache haben soll.«

»Aber muss denn alles immer einen Zweck haben?«, fragte Marie Laura herausfordernd.

»Ohne ist es doch zwecklos«, maulte diese.

»Was haltet ihr davon, wenn wir weitere Vergleiche anstellen?«, schaltete sich Lukas ein.

»Die letzte Nachricht, die Marie gefunden hat, ist doch vollkommen hirnrissig. Die Unterschrift ist zwar unleserlich, aber doch auf eine andere Art und Weise als bisher, und das Blau der Tinte ist viel dunkler als auf den anderen Zetteln. Außerdem wurde der Text wieder am Computer geschrieben, diesmal in Arial. Vom Zigarettengeruch will ich gar nicht reden …«

»Manche Leute ändern über Nacht ihre Angewohnheiten.« Marie seufzte und Laura nickte bestätigend. Aber Lukas fragte: »Und wie erklärt ihr euch, dass von heute auf morgen mehrere Gewohnheiten zugleich verändert wurden und dass die Zettel an verschiedenen Orten scheinbar zu gleicher Zeit abgelegt wurden? Das soll uns verwirren und von der eigentlichen Fährte abbringen. Nur der dritte Zettel ist wichtig! Er erinnert uns an eine Entdeckung, die wir eigentlich nicht machen wollten. Außerdem habe ich keine Lust, immer auf der Hut zu sein.«

»Wie meinst du das?«

»Als ich gestern Abend mit da Vinci losging, habe ich mir eingebildet, dass sich ein Schatten aus einem Hauseingang gelöst hat und mir gefolgt ist. Aus dem Augenwinkel sah ich, dass er stehen blieb, wenn ich stehen blieb. Erst als da Vinci knurrte und ein bisschen verrücktspielte, verschwand er. Dabei bin ich dann auf die Papierrolle aufmerksam geworden. Ich bin zwar froh, dass die Funkstille unterbrochen wurde, denn wir müssen uns endlich etwas einfallen lassen. Aber die haben die Rechnung ohne uns gemacht, wenn sie meinen, wir lassen uns ablenken oder einschüchtern!«

Der blinde Fleck

Mittwoch
Plötzlich habe ich schreckliche Gewissensbisse. Ich habe Angst, dass ich wieder nicht einschlafen kann. Wir haben Es gesehen*?* Ich *habe es gesehen! Vielleicht ist jemand unschuldig verdächtigt worden, und in dieser Situation habe ich mir erlaubt, etwas zu verschweigen. Im Bett und in der Stille kommen mir alle Fratzen in den Sinn, die ich mir in letzter Zeit so gerne angesehen habe. Sie verdrehen ihre Köpfe und rollen mit den Augen. Sie grinsen mich höhnisch an und flüstern mit verzerrten Lippen: Ich mach das schon, Freundchen, oder Nimm dich in Acht, Freundchen. Wer drückt sich denn so aus? Der Zusammenhang ist sonnenklar. Dass mir das ausgerechnet im Dunkeln einfallen muss. Natürlich sind unsere Beobachtungen keine Beweise. Aber alles zusammen genommen vielleicht doch!*

Ich kann mich täuschen, aber Mister Mysteriös erscheint mir immer weniger verdächtig. Oder war es nur ein fauler Trick, eine abgekartete Sache, dass er sich zusammen mit uns aussperren ließ? Aber er ist doch erst auf meine Aufforderung auf den Balkon getreten. Doch warum hat er sich nicht zu erkennen gegeben? Jetzt fällt mir der Geldtransport vor der Bank wieder ein. Wer ist denn eigentlich unverdächtig? Hinter jedem Fleck, jedem Blick oder jedem Wort kann eine versteckte Bedeutung lauern. Wenn man sich nur lange genug damit beschäftigt, wird jeder und alles verdächtig.

Entmutigt klappte Marie das Tagebuch zu. Spar dir die Einleitung und komm zum Eigentlichen, ging es ihr durch den Kopf. Sie versuchte, die Fratzen zu verdrängen und sich mit geschlossenen Augen noch einmal alle Bilder zurückzurufen, die ihr von der Führung über die Geheimtreppe und über den Dachboden im Gedächtnis geblieben waren. Zuhause konnte sie sich viel besser konzentrieren als auf der Wache. Sie wollte sich durch nichts mehr ablenken lassen. Mäxchen, ein nachtaktives Tier, rumorte in einer Zimmerecke, die Standuhr auf dem Flur schlug. Nein, sie würde jetzt keine Schläge zählen, sondern sich im Geiste nur noch an diesen einen Ort, zu dieser bestimmten Zeit zurückversetzen und diese eine Szene lebendig werden lassen. Bisher existierte sie nur wie ein halbblinder Fleck vor ihrem Auge. Marie brauchte ihn nur noch heran zu zoomen und den restlichen Nebel darüber aufzulösen. Damals war sie zu überrascht, um das Bild festzuhalten. Aber jetzt konnte sie den Film anhalten: Der Körper der rennenden Figur auf dem Dachboden war ganz durch einen großen, flachen Gegenstand verdeckt gewesen. Das muss ein Bild gewesen sein. Nur der Kopf, helles Gesicht mit dunkler Kopfbedeckung, die beiden Hände, helle Flecken links und rechts waren sichtbar. Der rechteckige Gegenstand war von weißlicher Farbe. Ganz intensiv erlebte sie noch einmal, wie der quietschende Türriegel hastig und energisch vorgeschoben wurde. Marie glaubte, dass das Geräusch allen auf dem Balkon durch Mark und Bein gegangen sein musste.

Dieser Jemand musste sich auf dem Dachboden gut ausgekannt haben, war aber von der Führung überrascht worden. Er wollte Zeit für seinen Rückzug gewinnen. Aber Zeit wozu? Hatte er hier eine Arbeit zu verrichten, brauchte er doch sicherlich nicht so zu hetzen oder sich zu verbergen. Das war zu widersprüchlich! Marie versuchte, den Einblick, den sie von außen aus dem Winkel eines kleinen Quadrates innerhalb des Fensters hatte, abzurufen. Das unerwartete Geschehen war ihr erst in dem Augenblick richtig bewusst geworden, als es schon wieder vorbei war. In Sekundenschnelle war das Fenster wieder leer. Das Halbdunkel schien einfach alle Bilder ausgelöscht zu haben. Während sie sich selbst erzählte, was sie gesehen hatte, wurde sie unsicher. Genauso erging es ihr auf der Treppe in die »Katakomben«. Es war immer mehr verdeckt als sichtbar. Da musste man verflixt aufpassen, dass man nicht anfing, etwas dazu zu spinnen. So etwas konnte sie doch der Polizei nicht erzählen … Selbst auf die Gefahr hin ausgelacht zu werden, musste sie Laura und Lukas fragen, ob sie auch manchmal an dem zweifelten, was sie meinten gesehen zu haben.

Am anderen Morgen hatte Marie einen neuen Ohrwurm: *Hundert Schritte bis zu Knigge.* Die Aufgabe von Laura konnte sich doch nur auf die Grabplatte des Freiherrn im Dom beziehen. Warum ihr das nicht gleich eingefallen war! Sie hatten im Geschichtsunterricht schon darüber gesprochen, waren aber nie hingegangen. In der jetzigen Situation kam ihr die Frage allerdings wie ein Hinterhalt vor, der sie nur in die Irre führen sollte.

Ein schwarzer Tag

Noch ehe Marie am nächsten Morgen vor dem Unterricht ihre Fragen loslassen konnte, hielt Lukas ihr eine Karte unter die Nase.

»Sieh dir das an. Was hältst du davon?« Auf einer Postkarte vom Bremer Marktplatz stand in Druckbuchstaben:

SIEH DICH VOR, FREUNDCHEN. DAS NÄCHSTE MAL SETZT ES WAS!

Es gab keinen Poststempel, die Botschaft musste privat zugestellt worden sein.

»Woher hast du die?« Fassungslos starrte Marie auf die Karte. Das passte zu ihrem abendlichen Selbstgespräch. Lukas antwortete: »Ich habe dir doch erzählt, dass ich neulich das Gefühl hatte, als ob mir abends jemand folgte, als ich mit da Vinci losging. Das muss tatsächlich der Fall gewesen sein, dabei muss man ausspioniert haben, wo ich wohne. Diese Karte fand ich heute Morgen im Briefkasten, vielleicht hat sie etwas mit dem Phantom zu tun.«

»Du musst sie als Indiz aufheben.«

»Was für ein Indiz?«, mischte sich Laura ein, die gerade dazu kam. Als Lukas es ihr erklärt hatte, meinte sie: »Ich muss euch auch noch etwas erzählen.« Ich auch, dachte Marie. Da gongte es zum Unterricht.

»Wo hast du heute nur deinen Kopf, Marie?« Herr Niemeyer war richtig wütend. Die Mathestunde war ein einziges Desaster für Marie. Sie war eine absolute Null. Nach der Drohung, die Lukas erhalten hatte und nach ihrem Erlebnis vor der Bäckerei, kam sie sich leichtsinnig und verantwortungslos vor. So schnell wie möglich wollte sie alles aufklären. Ob Laura, die der Schule am nächsten wohnte und deshalb immer zuletzt eintraf, auch eine Karte im Briefkasten hatte? Und sie selbst? Sie hatte sich heute Morgen gar nicht um Post gekümmert, denn die Woche fing traurig an:

Als Marie auf ihrem Schulweg an der Orientteppich-Galerie vorbeiging, waren die Schaufenster mit roten Folien beklebt, auf denen stand: *Es ist endgültig vorbei: Orientteppich-Galerie Ghoudassi gibt nach 50 Jahren auf. Rückhaltlose Räumung wegen Geschäftsaufgabe*

Das waren doch ihre unmittelbaren Nachbarn. Von Papa wusste sie, dass die Bank ihnen von heute auf morgen keinen Kredit mehr bewilligte. Mit all diesen Dingen im Kopf, konnte Marie einfach keine Dezimalbrüche rechnen.

Als die Kinder nach der Schule zusammen an der St. Johanniskirche entlanggingen, schwiegen sie, als müssten sie ihre Gedanken sammeln und ordnen. Zwischen den hohen roten Backsteinwänden kann man sich leicht ein wenig eingekeilt fühlen, besonders im Halbdunkel. Hier hatte ich gestern Nachmittag die meiste Angst, dachte Marie. Während sie weiter am Kaiser Friedrich vorbeigingen, rezitierte Laura ganz unvermittelt mit affektierter Stimme: »DU KRIEGST NOCH DEIN FETT WEG, FREUNDCHEN!«

Nein, nicht der Kaiser Friedrich.

»Ich habe heute eine wunderschöne Karte vom Hafen bekommen« ... Marie sah Lukas an, wie unbehaglich er sich fühlte, beide fanden den Witz nicht besonders. Aber Lukas sagte kein Wort, sondern zog seine Mütze tiefer in die Stirn, fast über die Augen. Vielleicht wollte er sich unsichtbar machen. Sie bogen nach links in die Süder Straße und schauten in die Fenster der Kellerräume der Musikhochschule auf die vielen Trommeln und Percussioninstrumente. Gerade als Laura in ihrer normalen Stimme beiläufig sagte, als wäre nichts gewesen: »Den Riesen-Gong da würde ich gern einmal schlagen« und als Lukas grummelte: »Hier fühlte ich mich neulich abends verfolgt«, entstand ein Tumult in der Kolping Straße. Sie rannten dorthin. Die Straße war wegen Bauarbeiten abgesperrt. In einiger Entfernung war eine Menschenansammlung entstanden, in deren Mitte eine Prügelei stattfand. Einige der Passanten schienen die Kampfhähne noch anzufeuern. Plötzlich blitzte ein Messer auf, ein durchdringender Schrei ertönte.

Dann brach ein Mann auf der Straße zusammen, ein anderer flüchtete. Als der direkt auf die Spurenjäger zu zu jagen schien, waren sie mehr als aufgeregt. Konnten sie ihn aufhalten? Marie zuckte es durch den Kopf: Der sieht viel gefährlicher aus als »Unserer«. Pfiffe, Schüsse und Rufe waren zu hören. Wie gelähmt vor Schreck standen die Drei am Fleck gebannt. Die Gelegenheit ihren Mut zu beweisen, war längst verpasst.

Dann aus heiterem Himmel Klatschen und Lachen. Wachtmeister Kaastendyk kam auf sie zu und rief: »Na, jetzt braucht ihr gar kein Fernsehen mehr zu gucken; ihr habt den nächsten Tatort ja schon auf der Straße gesehen.« Der Erstochene stand auf. Sein Mörder schlug ihm freundschaftlich auf die Schulter. Das Fernsehteam bog mit seinen Kameras um die Ecke. Die Drei hatten im toten Winkel gestanden und deshalb von der Technik nichts mitbekommen. Und obwohl sie von ihrer Vorladung in drei Tagen noch nichts wissen konnten, fanden die Kinder die Szene absolut nicht lustig. Das war am Montag.

Schluss mit lustig

Wieder hatte ein neugieriger Luftzug in Maries Tagebuch geblättert und war der Geschichte ein wenig vorausgeeilt:

Donnerstag

Ich scheine das hohe Haus heute erheitert zu haben, denn meine Aussage wird mit anhaltendem, gutmütigem Gelächter quittiert. Als ich mich nach Laura und Lukas umschaue, sehe ich in ihre ernsten Gesichter. Sie finden die Sache weniger amüsant. Schade, jetzt fehlen nur noch der Applaus und das Kamerateam, das uns Laien-Schauspieler nach einer Komödie nachhause entlassen würde, nachdem der Richter uns einen freundschaftlichen Klaps auf die Schulter gegeben hätte. Warum hat man uns dann befragt, wenn man uns nicht für voll nehmen würde. Vor Wut, aber auch aus Scham, koche ich …

Doch nach der Schule stellte Marie erst einmal fest, dass auch sie eine Postkarte bekommen hatte, auf ihrer waren die Bremer Stadtmusikanten. Auf der Rückseite stand: LAUF MIR NUR NOCH EINMAL ÜBER DEN WEG, FREUNDCHEN, UND DU WIRST DEIN BLAUES WUNDER ERLEBEN!

Was hatte Lukas – fast wie ein Motto – nach der letzten Zettelschlacht gesagt? »Wir lassen uns nicht einschüchtern!« Marie setzte im Kopf dazu.

»Von Nichts und Niemand!« Durch das Mittagessen und durch ihre Überlegungen gestärkt, organisierte sie ihren Nachmittagstreff. Sie schickte ihren Freunden eine Textnachricht: *16.18 Uhr am Dom, Haupteingang. Laura, vergiss nicht, das Verabredete mitzubringen!*

Beide waren ganz gespannt, wohin die angekündigten hundert Schritte gingen. Als sie zur Grabplatte von Adolph Freiherr von Knigge führten, sagte Marie noch ein Sprüchlein auf: »Verarmter Adel, geboren 1752 in Hannover auf Gut Bredenbek, bis heute aktuell, weil er das berühmte Benimm-Buch »Über den Umgang mit Menschen« geschrieben hat.«

»Ja, und darin steht auch die Regel: »Du sollst nicht angeben«, lachte Laura.

»Nein, du verwechselst da was«, meinte Lukas.

»Das ist doch das 11. Gebot.« Marie hielt sich zurück, auch, weil Laura gerade jetzt eine weiße Blüte auf dem Knigge-Wappen nieder legte. Dazu musste sie ganz schnell und ganz unauffällig über die Kordel-Absperrung steigen. Marie wusste doch, dass sie sich vorher schon in den Wintergarten, ins Heiligtum ihrer Mutter, schleichen musste, um eine weiße Blüte vom Kamelien-Strauch zu stibitzen. Die Blume sah sehr schön und tatsächlich wie eine Rose aus. Wer weiß, wann jemand hier zum letzten Mal an den Toten gedacht hatte? Diese Idee war dem Phantom doch sicherlich nicht eingefallen!

Da sie schon einmal im Dom waren, wollte Marie ihren Aufenthalt noch etwas ausdehnen. Vor ihrer Zeugenvernehmung konnte ein bisschen Sammlung in einer stillen Kirche nur hilfreich sein. Sie kamen an der hölzernen Kanzel vorbei. Lukas zeigte auf die kleine verschlossene Eichentür, hinter der verborgen die Treppe nach oben führte. An ihren Gesichtern konnte man ablesen, dass alle drei den gleichen Gedanken und die gleiche Erinnerung hatten …

»Die Kanzel ist von 1638.«

»Klugschnacker!« Kraftausdruck mit entsprechend kühlem Blick aus blauen Augen … »Marie, hast du das alles vorher auswendig gelernt? Übertreibst du nicht etwas mit deinen ewigen Jahreszahlen?«, fragte Lukas.

»Wieso? Da oben unter der geschnitzten Ranke über dem Engelskopf steht es groß und golden, für jeden sichtbar geschrieben, auch noch Septbr. 23. Aber guckt mal hier rechts an der Seite, über der ersten der vielen Holzfiguren an der Kanzel steht *St. Marcus* geschrieben. Er steht direkt auf unserer

Augenhöhe. Das ist vielleicht kein Zufall. Vielleicht sollten wir ein Stoßgebet zu ihm schicken, bevor wir in die Schreckenskammern müssen.« Wieder lachte Laura am Heftigsten und Lautesten, bevor sie feststellte: »Der Typ hat einen Lockenkopf und so einen Bart wie mein Klavierlehrer.«

Als sie aus dem Dom gingen, fragte Laura: »Warum sollten wir wohl den Klopfer betätigen? Die Türhälfte steht doch offen?«

»Ich denke, wir sollten nur auf den Tierkopf aufmerksam gemacht werden«, meinte Lukas.

»Aber was das für ein Wesen sein soll, kann ich beim besten Willen nicht feststellen.«

»*Ergreift den Türklopfer im Löwenmaul,* steht doch in Lauras Nachricht. Das ist ein Löwenkopf. Unser Chorleiter hat uns auch erklärt, dass die beiden Adler vor der Tür ein Symbol für den Evangelisten Johannes sind«, wagte Marie noch fast entschuldigend hinzuzufügen.

»Jahreszahl?«, rief Laura.

»Da muss ich passen.«

»Wie«, ereiferte sich Lukas, »so geht das aber nicht, halbe Sachen unters Volk zu bringen. Kannst du uns denn etwas zu den beiden Löwen links und rechts neben dem anderen Eingang sagen?«

»Nur, dass sie das Symbol für Markus sind.«

»Schon wieder Markus, ob dieser Markus irgendeine besondere Bedeutung für uns hat?«

»Das weiß ich auch nicht, wir haben nur darüber gesprochen, als wir Teile aus einer Passion gesungen haben. Was mir dabei aber gerade einfällt, Lukas, du hast ja auch einen Namen von einem Evangelisten. Und Lukas hat einen Stier als Symbol. Vielleicht suchen wir mal, ob es den hier auch als Skulptur gibt.«

»Was für ein Glück, dass Evangelisten Männer sind. Du würdest mir glatt auch noch irgendeinen Hornochsen als Symbol verpassen«, seufzte Laura.

»Freu dich nicht zu früh, bei deinem Namen klingelt mir was im Ohr. Heute Abend werde ich mir von Papa Nachhilfe dazu holen.«

»Ich glaube, wenn man einen Bibliothekar zum Vater hat, ist man ganz schön vorbelastet. Tschüss, Ochsenauge, bis morgen, Marienkäfer!« Damit sauste Laura um die Ecke.

In der Sackgasse

Dienstag
Unsere erste Zeugenvernehmung ist nicht die letzte geblieben. Diesmal sind wir schon ein bisschen gelassener gewesen, als wir uns vor dem Strafkammersitzungssaal 231 treffen. Inzwischen scheint man unsere erste Aussage in einem ganz anderen Licht zu sehen. Darum will ich noch etwas zu unserer zweiten Vernehmung aufschreiben. Außerdem ist mir jetzt vieles klarer. Ich finde die Anordnung der Sitze übersichtlicher und die altehrwürdige Ausstattung des Raumes nicht mehr ganz so einschüchternd. Aber es bleibt auch so noch genügend aufregend, nur dass mir mein Herz heute in der Brust und nicht im Hals geklopft hat. Zum Glück hatte ich nicht mehr viel auszusagen, denn ich bin auch jetzt noch wie betäubt, weil ich kurz vor meiner Vernehmung eine schreckliche Entdeckung gemacht habe.

Es begann mit dem gleichen Ritual wie letztes Mal. Alle Anwesenden standen auf, als der Richter durch eine Tür seitlich hinter seinem Richterstuhl eintrat. Zwar wartete Marie da noch draußen, aber sie hatte sich später jede Einzelheit berichten lassen. Als sie dann ihre Zeugenaussage machte, wusste sie schon, was auf sie zukam:

Du heißt mit Vornamen?

Nachname?

Alter?

Beruf?

Wohnort?

Du bist verpflichtet, die Wahrheit zu sagen, wenn du etwas verschweigst, machst du dich schuldig.

Du bist mit dem Beklagten nicht verwandt oder verschwägert?

Eine Vereidigung wurde nicht beantragt.

Auf dem Tisch vor dem Richter in seiner schwarzen Robe mit dem Satinkragen standen drei Mikrofone, und es lagen viel mehr Akten als beim ersten Mal dort. Unser Polizeiprotokoll, unsere letzte Zeugenaussage, eine Spurensicherungsakte und eine Skizze vom Dachboden und vom Büro waren darunter. Marie saß als Zeugin an einem kleinen Tisch gegenüber dem Richter. Rechts etwas erhöht und durch eine Holzbrüstung abgetrennt saß der Staatsanwalt, auch er in schwarzer Robe jedoch mit Samtkragen. Die gleiche Anordnung und Robe gab es auf der linken Seite, nur saß dort der Anwalt und etwas tiefer davor auf der Anklagebank Jacques B., neben ihm ein Dolmetscher.

Verstohlen sah sich Marie im Saal um. Die eichenholzgetäfelten Wände, rechts die hohen Bogenfenster in der Wand, links die

Riesenuhr in ihrem verzierten Holzgehäuse. All das war beeindruckend und Furcht einflößend zugleich. An dem kleinen Tisch kam sie sich selbst winzig und erbärmlich vor.

Leider zitterte ihre Stimme auch noch etwas, als sie die Frage verneinte, ob sie den Beklagten kenne oder ihn jemals gesehen habe. Wurde sie dadurch unglaubwürdig? War er unschuldig? Was hatte er mit der Sache zu tun?

Innen vor der Tür, durch die sie gekommen waren, saßen diesmal zwei Polizeibeamte. Anders als beim ersten Mal war die Sitzung diesmal auch öffentlich und Journalisten waren zugelassen. Wie üblich durfte nicht fotografiert werden. In der Pause erfuhren die Kinder den Grund der Veränderung. Zuerst sollten die Sitzungen sogar in den Schwurgerichtssaal gelegt werden, weil man die Angelegenheit als »staatsnotwendiges Geheimnis« einstufen wollte. Jetzt war Marie klar, warum ihre Beobachtungen dagegen so harmlos und erheiternd gewirkt hatten.

Inzwischen hatte sich das Blatt gewendet. Sie wurden nicht mehr wie Kinder, die Sherlock Holmes gespielt hatten, behandelt. Es ging um Diebstahl, nicht um ein Staatsgeheimnis. Auch wenn es um einen für Bremen ganz besonderen Diebstahl ging, eine Staatsaffäre war das nicht. Jetzt erfuhren die Spurenjäger, dass das Phantom mit der karierten Jacke Paul S. hieß. Der Angestellte S. hatte über Jahre die Ferienvertretung und wichtige Funktionen im Rathaus übernommen und sich vor zwei Tagen vorschriftsmäßig abgemeldet, denn seine vertragliche Arbeitszeit in diesem Jahr war um. Jetzt war Paul S. spurlos von der Bildfläche verschwunden. Inzwischen waren die Aufnahmen von Laura, Maries Skizzen und die Postkarten Beweismaterial geworden und keiner belustigte sich mehr über die Beobachtungen und Aussagen. Im

Gegenteil, die Fingerabdrücke von Paul S. im Büro waren identisch mit denen auf dem Besteck im schwarzen Samtumhang, auf den Kacheln in der Unterführung, auf unseren Postkarten, auf dem Riegel der Tür auf dem Dachboden und auf einem Bild dort, versteckt in einer der Ecken. Aber der Mann selbst war erst mal entwischt.

Jacques B. kam aus Paris, er war Hehler für »besonderes« Diebesgut. Er saß wegen einer »anderen Geschichte«, in der es um Antiquitäten aus einem Museum ging. Er kannte Paul S. schon länger, sie waren so zu sagen »Geschäftspartner«. Aber in Sachen Ratssilber war B. bis jetzt anscheinend unschuldig, weil er schon im Kittchen saß, bevor er seine diesbezüglichen Pläne ausführen konnte. Damit hatte Paul S. nicht gerechnet, sein Coup war sorgfältig vorbereitet und für seine letzten Arbeitstage bis ins kleinste Detail geplant. Er war bei den ganzen Vertretungsaufträgen nie auffällig geworden und galt als sehr zuverlässig. Und dann kam ihm unsere Geheimtreppenführung in die Quere, und sein Kompagnon ließ sich dummerweise ein paar Tage vorher schnappen und saß in Untersuchungshaft.

Deshalb konnte es keine Übergabe des Diebesguts geben. Paul S. wusste auch so schnell nicht, wohin mit der heißen Ware. Seine Wohnung hatte er schon aufgegeben, im Rathaus hatte er nichts mehr zu suchen. Da kam er auf die Idee, die in unmittelbarer Nähe gelegene Unterführung, die fast immer menschenleer war, zu nutzen. Laura hatte in der Zwischenzeit von ihrer Großmutter erfahren, dass es der Abstieg in einen ehemaligen Bunker war. Ausgerechnet dort kamen ihm die Drei ein zweites Mal in die Quere. Dadurch war Paul S. in die Klemme geraten, und Jacques B. saß in der »Bredouille.«

Rathaus und Gerichtshaus

Welche Verbindung gibt es zwischen Rathaus und Gerichtshaus? Gibt es einen unterirdischen Geheimgang? Welche Art von Urteilen wird vielleicht heute noch zuerst im Rathaus gesprochen?

Dienstag
Ich kann nicht schlafen, obwohl es warm, still und gemütlich ist. Mäxchen wuselt in einer Zimmerecke, und gerade das finde ich abends sonst so heimelig. Jetzt stelle ich mir vor, es wäre 19.15 Uhr. Die Türe öffnete sich und fünf Männer träten ein, ohne dass sie sich vorher durch Klopfen angekündigt hätten. Die fünf eröffneten mir ohne Umschweife, dass ich morgen früh um 6.15 hingerichtet würde. Weiter stelle ich mir vor, ich läge gar nicht zuhause im eigenen Bett, sondern weit weg in einem fremden Land in einer Zelle auf einer alten Matratze oder auf einem Strohsack, ich hätte meine Eltern anderthalb Jahre nicht mehr gesehen und wüsste nicht, mit wem ich in meiner Muttersprache reden könnte …

Dass Marie solche Gedanken wälzte kam so: Wie schon beim ersten Mal waren auch bei ihrer zweiten Zeugenaussage zuerst Laura, dann Lukas und sie zuletzt aufgerufen worden. Sie saß auf der Holzbank vor dem Strafkammersitzungssaal 231 und untersuchte zur Ablenkung das aufwendig geschnitzte Eichenportal. Über den Türflügeln thront ein großer hölzerner Aufsatz, in der Mitte der geschnitzte Helm einer Rüstung, darunter das Wappen mit dem Bremer Schlüssel, der noch einmal oben auf dem linken Türflügel auftaucht. Auf der rechten Seite der Türe, auf dem Messingbeschlag direkt unter der Klinke über dem

Sicherheitsschloss nochmals ein kleiner Bremer Schlüssel. Man entdeckt ihn erst, wenn man sich bückt, so als wollte man durchs Schlüsselloch sehen ... Auf der linken Türhälfte steht in weißen Ziffern 231, rechts war die 1 abhanden gekommen. Dort steht nur noch 23, daneben auf einem vergilbten Zettel an der Wand: *Zeugen ist es nicht gestattet, den Zuhörerraum vor ihrer Vernehmung zu betreten.*

Also saß Marie wie auf heißen Kohlen und wartete, bis sie aufgerufen wurde. Diesmal zog sich alles sehr in die Länge. Sie wurde nervös. Besser sie schaute sich etwas auf dem Gang um. Direkt links steht eine hölzerne Stelltafel, die der im ersten Stock ähnelt. Sie sieht ein bisschen aus wie eine alte Staffelei. Schräg dahinter über der gekachelten Wand direkt über dem Holz-Sims ist eine Messingtafel angebracht. Auf ihr steht in Großbuchstaben:

ERINNERUNG AN DIE OPFER

WÄHREND DER NATIONALSOZIALISTISCHEN
GEWALTHERRSCHAFT
WURDEN IN DIESEM GEBÄUDE 54 MENSCHEN VON
DEM SONDERGERICHT BREMEN ZUM TODE
VERURTEILT
SCHNELL WURDEN SIE VERGESSEN – EINER VON
IHNEN WAR DER
ERST 17 JAHRE ALTE POLE WALERJAN WROBEL

IHR LEIDEN MAHNT UNS

Auf dem Sims darunter liegt ein Gesteck künstlicher Blumen, weiße, rote Mohnblumen, Beeren und Efeu. In der Mitte stecken die Bänder einer weiß-roten Schleife.

Jetzt wurde Marie noch nervöser. Aufgeregt schaute sie sich die drei Fotografien auf der Stellwand davor an. Wie in einer Verbrecherkartei war der Junge einmal im Profil, dann von vorn und dann mit Mütze in Dreiviertel-Ansicht aufgenommen worden. Er hat ein ernstes, offenes Gesicht mit wachen Augen. Er trägt ein verknotetes Halstuch und man sieht noch den zerknitterten Kragen einer Jacke.

Ungläubig starrte Marie auf die Abbildungen und konnte es nicht fassen. Er sieht höchstens wie 14 Jahre aus, dachte sie empört. Er wurde zum Tode verurteilt? Hatte sie sich verlesen? Sie stand vor der Tafel und traute sich nicht, nochmals in dieses Gesicht zu sehen und wurde doch immer wieder davon angezogen. Sie wagte es zuerst nicht, weiter zu lesen, die Buchstaben verhedderten sich vor ihren Augen, und ein Schauder überlief sie.

Da wurde sie in den Saal gerufen.

Alles kam ihr jetzt so unwichtig und albern vor. Es ging um geklautes Essbesteck …, um einen Mann in einer karierten Jacke … Was ging *sie* das an? Jetzt hatte sie anderen Stoff zum Nachdenken. Ihre Gedanken schweiften immer wieder ab. Sie hörte die Fragen kaum, die ihr gestellt wurden.

War es hier, in Saal 231, in dem das Urteil über Walerjan Wróbel gefällt worden war? Hatten diese noblen holzgetäfelten Wände es mit angehört? Saß der Richter auf diesem ledergepolsterten Stuhl mit den beiden geschnitzten Löwenköpfen links und rechts über der Rücklehne? Hatte der Junge keinen Fürsprecher gehabt, der sich für sein Leben eingesetzt hatte?

Nach der Zeugenvernehmung ging Marie nicht zur Schule. Sie ließ sich durch Laura entschuldigen und schob Kopfschmerzen vor, so brauchte sie ihre Schweigsamkeit nicht weiter zu begründen. Sie wollte nur noch in Ruhe gelassen werden. Ihre Mutter war ganz besorgt: »Kinder sollte man nicht mit solchen Sachen behelligen.« Sie konnte ja nicht wissen, was Marie wirklich bedrückte.

Bitter

Am Nachmittag brauchte Marie dringend frische Luft. Es ließ ihr keine Ruhe, dass sie nicht alles auf der Anschlagtafel gelesen hatte. Und obwohl sie nicht über den Domshof oder zum Einkaufen ging, musste sie an die seltsame Verkettung von Vorfällen in den letzten Wochen denken. Mit einem gelben Zettel hatte alles angefangen: *Atlantis Nr. 9.* Wie viele Fragen hatten sich seit dem ergeben und auf keine hatten sie eine Antwort bekommen. Wenn Marie ihre Zettel- und Schnipsel-Sammlung durchging, war sie nachher ebenso klug wie vorher, das heißt sie wurde überhaupt aus nichts mehr klug. Die drei konnten noch nicht einmal herausfinden, was wichtig war und was nicht. Aber dass sich die Sache in diese Richtung entwickeln würde, hatte niemand von ihnen geahnt …

Hätte ich den Einkaufszettel nicht mitgenommen, und wäre ich nicht so neugierig gewesen, hätten wir das Schwarze Loch einfach nicht gefunden und wären somit nicht über die Geheimtreppe gegangen, wäre ich nicht in die Katakomben gestiegen, wären wir nicht im Gerichtshaus gelandet. Wäre ich später an der

Schautafel nur vorbeigegangen und hätte ich diese Information nicht gelesen …

Hätte, wäre, würde … im Kopf führte Marie ihr Tagebuch fort. Unter diesen Gedanken war sie schon an ihrem Ziel angelangt und ging direkt ins Gerichtshaus. Und nur weil sie sich sagte: Ich lasse den Kopf nicht hängen und ihn automatisch nach oben reckte, sah sie plötzlich die Verzierungen an den steinernen Säulen der Vorhalle, bevor sie die Außentreppe betrat: *die herausgestreckte Zunge, die verbundenen Augen, bleckende Zähne, ein Dackelgesicht*. Wollten sie sie verhöhnen? Wer hatte ihnen diesen Hinweis gegeben? Wer wusste, dass sie hier hin mussten? Beunruhigt stieg Marie in den zweiten Stock und ging ohne Umwege zum Saal 231.

Vor der Anschlagtafel nahm sie Block und Bleistift und machte sich Notizen. Sie spürte, dass das wichtig für ihr Leben war, und gerade weil es so unglaublich hart war, wollte sie es festhalten. Erst zuhause merkte sie, wie zittrig ihre Schrift auf ihrem Block war. Aber so konnte sie keiner Täuschung unterliegen: Das stand wirklich auf der hölzernen Anschlagtafel, da gab es keinen Zweifel.

Dienstagabend
Heute Nachmittag bin ich noch einmal ins Gerichtshaus gegangen. Als ich wieder vor der Anschlagtafel stand, musste ich unwillkürlich an einen Galgen denken. Als erstes habe ich die Überschrift in weißen Groß-Druckbuchstaben auf rotem Balken gelesen: DEM ANDENKEN DER VOM SONDERGERICHT BREMEN ZUM TODE VERURTEILTEN

Endlich konnte ich die ganze Geschichte erfahren. Sie steht in drei Spalten darunter. Ich habe mich schon vorher gefragt, wie es zu diesem grausamen Urteil kommen konnte. Was hatte Walerjan Wróbel verbrochen? Hatte er jemanden umgebracht? Da steht, in weißen Buchstaben auf schwarzem Grund, dass er zur Tatzeit 16 Jahre alt war und dass er als Zwangsarbeiter bei einem Bauern arbeiten musste. Was ist ein Zwangsarbeiter? Wenigstens kann ich aus dem Wort herauslesen, dass er nicht freiwillig dort war, wo er arbeiten musste. Wie und Warum war er von Polen nach Deutschland gekommen? Hatte er was Schlimmes angestellt? Auf dem Protokoll steht, dass er am 29.4.1941 in der Küche des Bauernhauses eine Schachtel Streichhölzer entwendet hat und damit eine Scheune und eine Stallung, in der acht Kälber standen, in Brand gesteckt hat. Sein Todesurteil erfuhr er am 24.8.1942 um 19.15 Uhr, und am 25.8.1942 wurde es um 6.15 vollstreckt.

Zuerst konnte ich nicht glauben, was ich gelesen habe. Ich fürchte, jetzt bringe ich alles durcheinander. Aber das kommt daher, weil ich jeden Satz zwei- oder dreimal lesen musste. Ich finde ganz ungeheuerlich, was da steht. Beim Lesen vor der Tafel und jetzt beim Schreiben fangen die Buchstaben an, vor meinen Augen zu tanzen. Steht wirklich im Protokoll, wie viel Suppe Walerjan Wróbel gegen 22.00 Uhr bei seiner Henkersmahlzeit gegessen hat und dass er in seiner letzten Nacht 25 Zigaretten geraucht hat?

Sein Gnadengesuch war abgelehnt worden. Er hat nie mit einem Todesurteil gerechnet, habe ich gelesen. Da steht etwas von seinem »letzten Gang, von der Richtstätte«, von dem Scharfrichter, dem er übergeben wurde und wörtlich: »5 Sekunden später fiel sein Kopf.«

An dieser Stelle musste ich mich auf die Bank in der Nähe der Tafel setzen, weil wieder alles vor meinen Augen zu verschwimmen begann. Diese Worte sind unerträglich! Es sind die gleichen wie auf der Tafel bei Gesche Gottfried. Nur sollte ihr Todesurteil doch das zuletzt in Bremen vollstreckte sein. Ich wusste doch aus der Information auf der anderen Tafel, dass die bremische Verfassung von 1849 die Todesstrafe abgeschafft hatte. Die trübe Beleuchtung auf dem Gang schien mir inzwischen noch dunkler geworden zu sein.

Gute Nacht, liebe Mama, Papa, Bruder und Schwesterchen. *So verabschiedet Walerjan Wróbel sich in seinem letzten Brief. Ich habe mich dann doch noch einmal vor die Tafel getraut, um weiter zu lesen. Jedes Mal habe ich woanders angefangen, weil meine Augen immer schnell woanders hin gewandert sind, wenn es so unglaublich traurig und brutal geworden ist:* »Die Leiche wurde von Angestellten der Anatomie, Hamburg, übernommen, sein Nachlass wurde seinen Eltern zugesandt.«

Hamburg, den 1. Sept. 1942
Gez.: Bredow
Oberregierungsrat

Gut, dass Mama nicht weiß, wo ich heute Nachmittag war. Aber ich durfte an dieser Tafel nicht einfach vorbeigehen, ohne alles zu wissen, was darauf steht. Ich glaube auch einfach nicht alles! Aber das schon, dass er so starkes Heimweh hatte und dass er zu seinen Wärtern gesagt haben soll, er habe geglaubt, dass er für seine Tat zur Strafe nachhause geschickt werden würde und dass er äußerte: »Schon so jung sterben zu müssen sei doch sehr hart und dass er *der festen Überzeugung war, dass Gott ihn gnädig aufnehmen würde.«*

Aber ich glaube nicht, dass diese Zuversicht in ihm überhaupt kein Angstgefühl aufkommen ließ, wie es im Protokoll steht. Warum hat er dann soviel geraucht? Nikotin ist doch ein starkes Gift, wie jeder weiß. Vielleicht hat ihn das halb betäubt?

»Er wurde erst aufgeregt, als er zu seinem letzten Gang fertig gemacht wurde«, steht da. Sicherlich hat er bis dahin auf ein Wunder gehofft, weil er sich einfach nicht vorstellen konnte …

Weiter habe ich dann gelesen, dass der Anstaltspfarrer den Abschiedsbrief von Walerjan Wróbel aus dem Gefängnis geschmuggelt und ihn an seine Eltern geschickt hat. Das Protokoll und der Zettel, auf dem der Brief steht, sind auf der Tafel abgelichtet. Von den ungelenk verschnörkelten polnischen Buchstaben sind einige unterstrichen, aber besonders die letzte Zeile, und es war ja wirklich die letzte Zeile, die Walerjan Wróbel in seinem Leben geschrieben hat.

Liebe Mami (Kochano, Mamusiu
Und Papi Tatusiu)
Ich schreibe die letzten Worte.
Worte an euch, dass ich nie wiederkomme nachhause, denn es ist mir etwas Schweres geschehen. … Die letzten Worte schreibe ich mit Heiliger Hand.
Gute Nacht, liebe Mama, Papa, Bruder und Schwesterchen.

Alles scheint verändert

»Gute Nacht, Marie!«

»Mama? Ich will doch nicht Sängerin, sondern lieber Rechtsanwältin werden oder Geschichte studieren.«

»Ach, das musst du doch jetzt nicht entscheiden, Marie. Da kannst du dir doch noch ein bisschen Zeit lassen.«

»Nein, heute Nachmittag habe ich mich entschieden!«

»Hat das etwas mit deinen Kopfschmerzen zu tun?«, fragte ihre Mutter. Es sollte scherzhaft und nicht neugierig klingen.

»Ja«, antwortete Marie, »mit einer besonderen Art von Kopfschmerzen.«

Gute Nacht, ob sie diese Worte jemals wieder so wie früher hören könnte?

Selbst wenn Marie es gewollt hätte, sie konnte weder mit ihren Freunden, noch mit ihren Eltern darüber sprechen. Noch nicht …

Sie schlief unruhig, auch weil sie sich vorgenommen hatte, auch am nächsten Morgen niemandem von ihrer Entdeckung zu erzählen. In wenigen Wochen hatte sich für sie unendlich viel verändert, ohne dass sich äußerlich etwas verändert hatte.

Es fiel ihr schwer, sich in der Schule nichts anmerken zu lassen. Sie wurde einfach den jähen Schreck nicht los, der sie überfallen hatte. Sie merkte, dass Laura und Lukas in Gedanken auch noch mit der Gerichtssache beschäftigt waren und ihr deshalb nicht allzu viel Aufmerksamkeit schenkten. Um wieder in ihren Alltagstrott hinein zu kommen, ging sie nach der Schule auf den Gemüsemarkt zu Frau Zeemann. Vielleicht konnte sie ihr etwas besonders Gesundes empfehlen. Sie pries ihr die verschiedenen hiesigen Apfelsorten an und riet von den südamerikanischen Erdbeeren ab. Dann meinte sie ganz nebenbei – Frau Siebert hätte *by the way* gesagt – »Na min Deern, häs du dat Phantom al sehn? Ach, und eh ich es vergesse, hier ist noch ein Kuvert für dich. Es liegt schon zwei Tage neben den Apfelsinen. Oh, jetzt hätte ich beinah vergessen, dir eine mit zu geben. Tschüss, bis tum nächsten Mol.«

Diesmal brauchte Marie keinen Schriftvergleich anzustellen. Die acht Buchstaben in blauer Tinte standen in gleicher

Anordnung und mit den gleichen Hieroglyphen wie auf dem Rathaus-Kuvert. Hätte sie ihr Kuvert nicht verwahrt und läge es jetzt nicht am Gericht, hätte sie gewettet, es wäre noch einmal verwendet worden. Sie öffnete den Umschlag nicht gleich. In Sicherheit vor Mäxchens Knabber-Lust, legte sie ihn auf ihre Kommode, nachdem sie ihn beschnuppert und befühlt hatte. So, er lag also schon zwei Tage bei den Apfelsinen herum, dann konnte er ruhig auch bei ihr noch ein bisschen herumliegen. Vielleicht roch er deshalb nicht nach Zigarrenrauch, weil er auf dem Markt ausgelüftet worden war. Äußerlich sah es ganz so aus, als stammte die Botschaft von Mister Mysteriös. Zum Glück wurden sie einander vor Gericht nicht gegenüber gestellt. War er schon verhaftet worden? Merkwürdig, diesmal war Marie überhaupt nicht neugierig und ließ sich sehr viel Zeit mit dem Brief. Ob sie ihn zusammen mit Laura und Lukas öffnen sollte? Warum sollte er überhaupt geöffnet werden? Sollte er doch verschimmeln!

Süß

Inzwischen hatten die meisten in der Klasse ihren Erlebnisbericht schon fertig gestellt, und Herr Nordsiek hatte eine Liste angefertigt, in welcher Reihenfolge die Berichte in der Klasse vorgestellt werden sollten. Lukas hatte die Familie eines Binnenschiffers, die ein paar Tage auf der Weser am Anlegeplatz fest gemacht hatte, besucht. Er schilderte ihr Leben und Arbeiten an Bord. Auf engem Raum musste alles besonders gut organisiert werden. Aber sie kamen fabelhaft damit zurecht.

Laura hatte ihren Bericht als erste fertig, aber noch nicht vorgestellt. Schon im Sommer hatte sie sich für die Ausschachtungen hinter dem Schütting interessiert, dort sollte ein neues Hotel gebaut werden. Auf ihren Bericht war Marie besonders gespannt, weil die Grabungen noch Reste des alten Friedhofs der St. Martini-Kirche umfassten.

Marie dagegen konnte an diesem Nachmittag endlich das von ihr ausgewählte Objekt besichtigen. Ganz spontan hatte sie sich nach den Freimarktbesuchen mit Laura entschieden, sich einmal die Zuckerstangenproduktion anzusehen. Sie wusste von der Bäckerin im Schnoor, dass diese Süßigkeiten noch mit der Hand hergestellt werden. Einen Termin zu bekommen, war kniffliger, als sie sich vorgestellt hatte. Einmal, weil zur Freimarktzeit wie auch zur Osterwiese oder zum Weihnachtsmarkt Hochsaison herrschte, und zum andern weil es eine gefährliche Arbeitsplatzbesichtigung war. Kinder lutschten zwar meistens gern Zuckerstangen, aber von der Herstellung waren sie ausgeschlossen. Sie erfuhren nichts von den uralten Geheimrezepten, die in der Familie weitergegeben wurden. Sie ahnten nicht, dass alle Maschinen Spezialanfertigungen waren. Darum war Marie sehr stolz (sie hatte sich am Telefon um ein Jahr älter gemacht) als sie die Genehmigung bekam, während der Produktion bei einem Arbeitsdurchlauf zuzuschauen. Dabei wurden fünfzig Kilogramm Zucker plus Wasser und natürliche Aromen zu ungefähr sechshundert Zuckerstangen verarbeitet. Für den ganzen Vorgang wurden anderthalb Stunden gebraucht. Aber wie sollte sie die ganzen zum Verständnis notwendigen Einzelheiten vor der Klasse berichten, ohne sie zu langweilen? Das schaffte sie doch nicht in fünfzehn Minuten?

Klack, klack, klack, rhythmisches Klacken empfing Marie, als sie durch die Fliegengittertür in den Süßwarenbetrieb trat. Es war sehr warm und roch angenehm nach karamellisiertem Zucker. Sie staunte, die ganze Produktion wurde von nur drei Personen geleistet, hauptsächlich von den Betreibern, einem Ehepaar.

»Wir sind ein echtes Familienunternehmen in vierter Generation. Der Betrieb wurde 1920 gegründet. Du kommst genau richtig, Marie. Jetzt fängt ein neuer Durchlauf an. Da kann ich dir jeden Handgriff erklären. Aber zieh besser deine Jacke aus, bevor wir zum Ofen gehen«, sagte der Hersteller. Der Ofen ist eine rundbauchige Maschine in dessen Kupferkessel gerade ein geschmacksneutraler, transparenter Sirup gegossen wurde. Etwa eine Stunde muss die heiße Zuckermasse bei hundertzwanzig Grad kochen, dabei wird ihr die Luftfeuchtigkeit entzogen, um sie haltbarer zu machen. Schließlich wird die gekochte Masse durch einen geöffneten Hahn in einen anderen Kupferkessel geleitet.

»Ist das ein gefährlicher Arbeitsschritt?«, wollte Marie wissen.

»Ja sehr, weil kein Dampf entsteht, da es keine Feuchtigkeit gibt, sieht es harmlos aus. Aber wenn die heiße Masse in Berührung mit Haut kommt, kann es zu schwersten Verbrennungen führen. Zieh dich lieber etwas zurück.«

»Jetzt verstehe ich viel besser, warum Kinder hier fehl am Platze sind«, musste Marie einsehen.

Nun wurde der Kessel auf einer Art Lore zu einem großen Eisentisch gefahren, auf den der heiße, honigfarbene Sud gekippt wurde.

»Das ist der Kühltisch, seine Oberfläche aus Edelstahl hat einen doppelten Boden, in den kaltes Wasser einlaufen kann. Jetzt rühre ich rote Lebensmittelfarbe mit einem Aluminiumstab unter einen

Teil der Zuckermasse. Sie hat immer noch achtzig Grad, darum trage ich spezielle Arbeitshandschuhe.«

»Und ist es so nicht mehr heiß?«, fragte Marie.

»O doch! Als mein Vater mir zeigte, wie ich die Farbe einrühren und später wie ich die Bonbonmasse zu kneten hätte, habe ich zwei Paar Handschuhe übereinander gezogen, weil ich es sonst nicht ausgehalten hätte. Fühl mal meine Hand, wie heiß sie trotz des Handschuhs ist.« Marie war ganz beeindruckt.

»Beim Kneten der Masse sieht es aus, als ob eine dicke Steppdecke immer wieder neu zusammengelegt wird. Wie schwer ist denn der Klumpen?«

»So ungefähr zweiundzwanzig Kilogramm wird er wiegen. Und es ist gut, dass er so langsam abkühlt, denn er muss geschmeidig bleiben. Die kleinere, farblose Masse kommt beim nächsten Arbeitsschritt in eine Wickelmaschine. Dort wird sie auseinander gezogen und mechanisch immer wieder über Metallstäbe gewickelt. Dabei wird die Zuckermasse weiß. Bei meinem Vater habe ich das Wickeln noch per Hand gelernt. Guck mal, Marie, den kleinen weißen Strang knete ich auf einem dicken Stück Rindsleder, damit er nicht anklebt.«

»Hoffentlich kann ich mir das alles für meinen Bericht merken. Ich muss doch jeden Schritt schildern, sonst können meine Klassenkameradinnen und -kameraden sich die Vorgänge nicht vorstellen.«

»Mach dir doch ein paar Notizen.«

»Dann sehe ich nicht alles, weil sie doch zu zweit arbeiten, und alles so blitzschnell gehen muss.«

»Ja, damit die Masse geschmeidig bleibt, arbeite ich mit meiner Frau Hand in Hand wie ein Schweizer Uhrwerk.«

»Ich musste die einzelnen Schritte und die Technik erst als Erwachsene lernen, während mein Mann schon als Kind alles bei seinen Eltern mitgekriegt hat. Komm mal hier herüber, Marie, dann siehst du besser, wie ich die weiße Zuckermasse mit Wasser auf die rote klebe und so einarbeite, dass sie in die Egalisier-Maschine gefüllt werden kann. Obwohl der Block immer noch warm ist, muss er nochmals beheizt werden. Je nach Außentemperatur muss die Maschine ständig neu nach Fingerspitzengefühl eingestellt werden, da die Masse hier in den Kegelrollen zwischen vier konisch zulaufenden Stangen zwanzig Minuten gekegelt wird, um von der unförmigen Form in einen gleichmäßigen Strang aus parallelen weißen und roten Streifen gezogen zu werden.«

»Jetzt mache ich mir aber doch lieber eine Skizze, um zu begreifen, wie die dicke Rolle von der, von der …«

»Von der Sterneinzugswalze zu vier Doppelrädern transportiert wird, die die Stärke der Zuckerstangen reguliert und egalisiert«, half der Mann Marie weiter. Und Marie fand: »Das sieht wahrhaftig so aus, als würde sich eine unendlich lange gestreifte Schlange direkt aus der Maschine auf den nächsten Arbeitstisch ringeln.«

»Ja, und der hat eine große hölzerne Arbeitsfläche, Metall wäre für die Weiterverarbeitung zu glatt. Jetzt trennen wir die Zuckerschlange in Stücke auf Tischlänge. Dann müssen die umgehend mit den Fingerspitzen so gerollt werden, dass es aussieht, als ob die Streifen sich schräg um die Stangen wickelten.«

»Willst du das mal versuchen, Marie?« fragte die Frau.

»Aber pass auf, dass die noch weichen Stangen beim Rollen nicht platt gedrückt werden.«

»Oh, jetzt hab ich Bandsalat gemacht.«

»Nicht schlimm«, lachte der Mann.

»Meine erste Zuckerstange war auch nicht perfekt. So, als letzten Arbeitsvorgang werden sie mit einer schweren, stumpfen Schere auf gleiche Länge zerhackt.

»Dieses Klack, Klack, Klack, habe ich schon gehört als ich herein kam. Jetzt weiß ich, dass damit die Zuckerstangen fertig sind«, stellte Marie fest.

»Klar, aber die Cellophanhülle zaubert sich auch nicht von selbst drumherum. Schau mal, die Einwickelmaschine – noch aus dem Jahr 1920 – stellt einen Schlauchbeutel her, wickelt, verschweißt und schneidet auf die notwendige Länge. Hier arbeitet unsere dritte Kraft«, erklärte die Frau. Als Marie sich umdrehte, um sich zu verabschieden, wurde gerade die Klappe des Ofens geschlossen. Der Sirup war schon eingegossen worden. Ohne Pause begann der nächste Durchlauf.

Noch Fragen?

Da Vinci hilft ein Rätsel lösen

Dienstag

Der Ausflug gestern in die Zuckerwarenfabrik hat mir gut getan und mich erst einmal etwas von meiner Entdeckung im Gericht abgelenkt. Eigentlich habe ich doch nur die Babbeler-Produktion aufgehalten. Das war riesig nett, dass man mir während der Arbeit, die ja nicht unterbrochen werden durfte, geduldig jede Frage beantwortet hat. Zum Schluss zog ich mit Zuckerstangen und Bremer Babbeler beschenkt wieder ab. Witzig, nun habe ich wirklich mehr Respekt vor den kleinen bunten Stangen bekommen, die sich im Gegensatz zum Arbeitsaufwand so schnell weglutschen.

Auch wenn ich jetzt ein Geheimnis vor Laura und Lukas habe, bin ich sehr froh, dass die beiden so gute Freunde von mir sind. Wir haben uns auch noch nie länger als einen Tag verkracht. Komisch, früher konnte ich nie etwas für mich behalten, und jetzt kann ich nicht die kleinste Einzelheit von der Geschichte, die mich so bedrückt, erzählen.

Obwohl es schon den ganzen Vormittag nieselte und überhaupt nicht hell wurde, hatten die Drei sich am Nachmittag zu einem gemeinsamen Bummel verabredet. Sie trafen sich so ziemlich pünktlich (na, ihr wisst schon wann) am Kaiser Friedrich. Von der Kneipe gingen sie weiter bis zur Straße Am Landherrnamt, um da Vinci abzuholen. Inzwischen hatte Schneeregen eingesetzt. Jetzt bekamen Laura und Marie auch endlich einmal mit, wie der Job von Lukas funktionierte. Er drückte drei Mal auf den Klingelknopf mit dem Namen Foorster. Einige Sekunden später hörten sie Hundegebell von innen. Es kam näher und die Treppe herunter, der Summer ertönte, Lukas drückte die Türe eine handbreit auf, und da Vinci sprang freudig wedelnd um ihre Beine. Seine Leine trug er im Maul.

»Genau so, nur in umgekehrter Richtung liefere ich ihn auch wieder ab«, beantwortete Lukas ihre Frage.

»Nur muss ich ihm dann oft einen kleinen Schubs geben, damit er auch im Haus verschwindet. Rauhaardackel können richtig eigensinnig sein.«

»Kommt, wir gehen unten an die Weser, da kann da Vinci sich endlich auslaufen«, schlug Laura vor. Auch wenn Marie bei

Dunkelheit dort nicht hindurfte, war sie einverstanden. Es war doch noch früher Nachmittag, und egal wohin sie gingen, ungemütlich und dunkel war es draußen überall. Als sie unten am Fluss waren, wurde es noch finsterer, weil Petrus nun extra für sie ein Schneetreiben in Gang setzte. Da Vinci schien das nichts auszumachen, er sprang den Flocken nach und gebärdete sich wie toll. Die Kinder waren unterdessen verstummt. Der Wind blies ihnen eisig ins Gesicht, und sie hatten das Gefühl, der Schneematsch verklebe ihnen Augen, Mund und Nasenlöcher. Es war unheimlich still. Nach einer Weile hielt Lukas sie an. Sie drehten sich um, damit der Wind ihnen in den Rücken blies und sie einmal durchatmen konnten, und Lukas sagte: »Am besten wir gehen jetzt durch die Unterführung, dann sind wir gleich in der Böttcherstraße. Tut mir leid, da Vinci, für heute scheint das alles gewesen zu sein.« Aber selbst da Vinci schien genug zu haben, er war auch immer öfter auf dem matschigen Untergrund, der anfing zu frieren, ausgerutscht. Ohne Protest ließ er sich anleinen. In der Unterführung klopften sie sich erst einmal den Wasserschnee von den Jacken. So plötzlich wie das Schneetreiben eingesetzt hatte, war es auch wieder vorüber. Als sie aus dem Tunnel traten, tröpfelte es nur noch. Aber einige Stellen auf dem Weg waren spiegelglatt. Schade, jeder ihrer Schritte zerstörte den leuchtend weißen Untergrund.

In der Böttcherstraße in Höhe des Spielkasinos riss sich da Vinci unerwartet los, obwohl es gar keinen Grund dafür gab und obwohl Lukas die Leine seit der Bankgeschichte fester hielt. Die schmale Straße war fast leer. Der Hund sprang in einen Eingang, jaulte und bellte wie verrückt. Da mochte Lukas ihn noch so oft zurückrufen, es war vergeblich. Sie konnten nichts sehen, hörten nur immer: »Sch, Sch, weg, troll dich, hau ab.«

»Wenn wir schon hinter keiner Spur herjagen, so hat da Vinci wenigstens eine. Zum Glück ist er nicht bissig.«

Als sie nahe genug herangekommen waren, sahen sie, dass da Vinci immer wieder an einem Mann hochsprang, der sich ziemlich weit zu ihm herunterbeugte. Als der Mann sich endlich aufrichtete – ewig konnte er doch nicht in dieser Haltung stehen bleiben – kam er ihnen irgendwie bekannt vor. Langsam schwante ihnen was, aber erst auf den zweiten Blick. War es Mister Mysteriös, der Führer von der Geheimtreppe? Es schien, als hätte er gehofft, sie würden vorübergehen. Aber er fing sich schnell, lächelte und schaffte es dann irgendwie den Eindruck zu erwecken, als hätte er nur auf die Kinder gewartet. Als hätte er nur kurz ein Gespräch mit ihnen unterbrochen, bemerkte er: »Gut, euch zu treffen. Ich bin hier vom Schneegestöber überrascht worden. Wir haben den gleichen Heimweg und weil ich immer höllisch bei Glatteis aufpassen muss, so kann ich mich vielleicht bei Lukas einhaken? Außerdem bin ich euch noch eine Erklärung schuldig. Wenn ihr noch ein Stündchen mit zu mir kommen dürft, dann werdet ihr Einiges erfahren.« Mit gemischten Gefühlen ließen sie sich von dem Mysteriösen begleiten.

Die Zeit ist da

Als der für sie immer noch Namenlose an einem bestimmten Haus Am Landherrnamt stehen blieb, einen Schlüssel herauskramte und aufschloss, verschlug es besonders Lukas die Sprache. Nicht nur, dass sie das Gefühl hatten, dass dieser Mensch auch ganz gut ohne ihre Stütze und Begleitung nachhause gekommen wäre, sahen sie jetzt, dass es das Haus war, aus dem da Vinci herausgesprungen war. Der war schon längst die Treppe nach oben gewetzt, als sie Lauras Stimme in ziemlich scharfem Ton sagen hörten: »Herr Foorster, ich denke, sie sind uns jetzt, schon bevor wir ihr Haus betreten, eine Erklärung schuldig.« Dabei warf sie mit einem trotzigen Ruck ihre Kapuze ab, so dass ihr Pferdeschwanz energisch durch die Luft wirbelte.

»Außerdem betreten wir kein Haus von Unbekannten.« Sie bemerkten, dass Mister Mysteriös für den Bruchteil einer Sekunde die Luft anhielt und sich anstrengen musste, diesem fest auf ihn gerichteten Blick nicht auszuweichen.

»Du hast recht, Laura, ich habe mich ja noch nicht einmal vorgestellt. Ich heiße Marius Foorster und bin Denkmalpfleger. Darum bin ich auch oft im Rathaus, wo ich Melanie schon vor über zehn Jahren kennengelernt habe. Ich verstehe, wenn ihr jetzt nicht so einfach hereinkommen wollt.« Lukas meinte, Marie könne doch vielleicht Tante Melanie, die Schwester ihrer Mutter, anrufen und um Erlaubnis fragen.«

»Marius?«, klang jetzt fragend eine Kinderstimme von oben.

»Ja, ich komme. Das ist mein Enkel Kilian, der sich sehr über euren Besuch gefreut hätte.« Lukas der die ganze Zeit verlegen da Vinci gekrault hatte, sagte prompt: »Da Tante Melanie keine Bedenken hat, gehe ich mit herauf.«

»Wir auch«, ergänzte Marie über Lauras Kopf hinweg.

Und schon standen sie vor einem blassen, mageren Jungen, der ihnen unternehmungslustig entgegengrinste: »Da seid ihr ja endlich! Ich habe schon so viel von euch gehört.«

»Und warum hast du uns dann nicht getroffen?«, fragte Laura.

»Ach wegen der blöden Lungenentzündung und dem Rückfall.«

»Zieht doch erst einmal eure Jacken aus. Ich weiß ja gar nicht, wo ich mit meinen Erklärungen anfangen soll, von vorne oder von hinten?«

»Von hinten«, rief Marie, weil sie wissen wollte, was mit Kilian los war.

»Von vorne«, fand Lukas, »weil wir auch so schon ziemlich durcheinander sind.«

»Ich schlage euch einen Kompromiss vor, und nennt mich doch bitte Marius. So nennen mich fast alle. Zuerst möchte ich euch Kilian vorstellen und erzählen, warum er bei mir wohnt, denn ich möchte den gleichen Fehler nicht noch einmal machen. Und dann werde ich zum Anfang zurückgehen. Kilian kommt aus München, wie ich ursprünglich auch. Seine Eltern … Aber ich glaube, dass kann er viel besser selbst erzählen.«

Kilian nickte und lachte: »Ja, aber stellt euch vor, selbst reden durfte ich vor ein paar Wochen nicht so viel, wie ich wollte. Meine Eltern sind Klimaforscher und sie hatten eine große Arbeitsreise geplant und wollten sie gerade antreten, als ich krank wurde. Eigentlich sollte ich für das Jahr, in der sie in der Antarktis sind, in ein Internat. Die Reise zu verschieben, war nicht möglich, weil eine ganze Gruppe von Ozeanographen, Geophysikern, Meeresbiologen usw. daran beteiligt ist. (Da habe ich wieder ganz schön was nachzuschlagen, dachte Marie.) Das ist alles so furchtbar wichtig. Ihr wisst ja, dass die Eisbedeckung durch die Klimaänderung in der Antarktis in den letzten Jahren weiter weggeschmolzen ist, und dass dadurch der Meeresspiegel weiter ansteigt. Hoffentlich findet ihr das Thema nicht langweilig.«

»Überhaupt nicht, im Gegenteil«, ereiferte sich Lukas.

»Nicht nur Klimawissenschaftler, auch etwa vierzigtausend Touristen fahren jedes Jahr dorthin, habe ich gelesen.«

»Aber zerstören die Touristen denn nicht noch mehr?«, schaltete sich Laura ein.

»Nein, unter den Bedingungen da oben, können sie sowieso nicht einfach allein durch die Gegend marschieren. *Im Schnee von gestern das Klima von morgen erforschen*, meint mein Vater immer. Jetzt wisst ihr, warum mein Großvater für mich sorgt, so lange bis meine Eltern zurück sind. So bin ich nach Bremen gekommen. Beinahe wäre ich im Sanatorium gelandet. So ist es natürlich viel besser, nur ein bisschen einsam.«

»Aber wir hätten dich doch besucht, wenn wir das gewusst hätten.« Lukas sah Marius vorwurfsvoll an.

»Ich durfte ja keinen Besuch haben, da ich hohes Fieber hatte und ständig husten musste. Heute rasselt es nur noch ganz leise, wenn man meine Lunge abhört, und jeden Tag darf ich etwas länger aufstehen.«

»Dann geht es dir jetzt viel besser?«, fragte Laura.

»Ja, in drei Wochen fahren wir mit da Vinci zur Erholung in die Schweiz. Da werde ich ihm das Skifahren beibringen«, feixte Kilian.

Jetzt reichte Marius jedem Kind eine Tasse dampfenden Tee, der erwärmte sie toll von innen.

»Jetzt könnt ihr euch ein halbes Stündchen unterhalten, mehr ist für Kilian nicht drin. Außerdem möchte ich nicht, dass ihr zu spät nachhause kommt.«

»Und die Erklärung?«, riefen sie fast einstimmig.

»Die muss bis zum nächsten Besuch bei Kilian warten.«

Auf dem Nachhauseweg sagte Laura mit kritischer Miene zu Lukas: »Aber wenigstens du hättest doch deinen Arbeitgeber erkennen können. Das will mir bei allen Überraschungen nun doch nicht in den Kopf. Wie bist du denn zu deinem Job gekommen?«

»Marius hat mich im Regen auf der Straße angesprochen. Es war dunkel, er trug einen Hut mit breiter Krempe, und der Kopf war noch von einem Schirm halb verdeckt. Ich fand das damals ganz abenteuerlich, und weil da Vinci direkt an mir hochsprang und wie wild wedelte, habe ich sofort zugesagt. Dann hat er mir noch ein paar Eigenheiten über Rauhaardackel mitgeteilt und wir haben uns das Klingelzeichen ausgemacht. Das war alles.«

»Vielleicht wirst du bei deiner nächsten Anstellung ein paar Erkundigungen mehr einholen und etwas genauer hingucken«, spöttelte Laura.

»Also unsere Namen kannte er ja schon auf der Geheimtreppe. Aber woher wusste er, dass wir alle vier den gleichen Heimweg haben?«, überlegte Marie laut. Und Lukas sprach ihren nächsten Gedanken aus: »Wenn ich nicht wüsste, dass Paul S. die Postkarten bei uns eingeworfen hat, würde ich fast vermuten … Aber das ist ja Unsinn, denn die Fingerabdrücke sind eindeutige Beweise.«

Damit trennten sich ihre Wege – fast: »Ciao, Lukas, arrivederci, Madonna Laura«, rief Marie. Natürlich wollten die beiden wissen, was es damit auf sich hatte.

»Ah, Marie hat inzwischen ihren Nachhilfe-Unterricht gehabt«, meinte ihre beste Freundin ironisch, blieb aber doch stehen und setzte eine neugierige Miene auf.

»Laura, du warst mal die Flamme von einem großen Dichter.«

»Interessant, davon habe ich gar nichts gemerkt. Wann soll denn das gewesen sein?«

»Im vierzehnten Jahrhundert. Deine Namensschwester wurde von einem gewissen Francesco Petrarca einundzwanzig Jahre lang vergeblich angehimmelt. Papa hat mir Gedichte von ihm mitgebracht.«

»Präzise Jahreszahl?«, fragte Lukas.

»Ich weiß nur, dass Madonna Laura 1348 an der Pest starb.«

»Na, da hab ich ja Glück, dass ich ein bisschen später lebe«, freute sich Laura.

»Ich muss nun endlich mich erklären«

Die Einladung zu Kilian und Marius kam prompt und wurde von da Vinci überbracht. Sie trug wieder die kleinen Abdrücke der Zähne, und sie stand wieder auf dickem, grauem Papier. Sie war handgeschrieben:

Wie wär's am nächsten Mittwoch um 16.18 Uhr zum Tee bei uns? Bringt viel Zeit mit, denn ich darf so lange aufbleiben, wie ihr da bleibt, und ich freue mich schon. Ihr braucht auch keine Aufgabe zu erfüllen. Falls ihr nicht könnt, ruft bitte an. (Dann folgte die Telefonnummer)

Bis dahin

Kilian

Am Mittwoch wurden die drei gut gelaunt von Kilian und da Vinci an der Haustür empfangen. Da Vinci nahm die Gelegenheit wahr, um zu entwischen, wurde aber schnell von Lukas mit einem Hundekeks geködert. Sie waren alle mächtig aufgedreht. Laura flüsterte Marie ins Ohr: »Gekötert.« Kilian hatte vor Aufregung rote Wangen, was Marius gar nicht gefiel. Er sah ihn streng an. Und Marie überreichte ein Mitbringsel: Es war ein Roland aus Marzipan.

Nun saßen sie bei Honigkuchen und Bremer Klaben. Dabei sahen sie sich ein wenig um und staunten. Die Wände des Zimmers waren mit Fotografien von berühmten Bauwerken und Skulpturen gepflastert.

»Da«, rief Laura begeistert: »Das Kolosseum und daneben der Wahrheitsmund.«

»Meinst du *la bocca della veritá*? Das ist die Maske eines Flussgottes aus dem antiken Rom.« (Jetzt sitzt uns neben einem Bibliothekar auch noch ein Denkmalpfleger im Nacken, dachte Lukas.) »Und was ist das für ein Riesenmaul direkt daneben?«, wollte Marie wissen.

»Dieses weit geöffnete, so genannte Schreckensmaul, ist so groß, dass man in einen dahinter liegenden Raum eintreten kann. Darin steht ein Steintisch, der aus der Untersicht wie das Zäpfchen im Rachen des Monsters aussieht. Der Koloss befindet sich in Italien im Zauberwald von Bomarzo, den der Fürst Orsini um 1550 anlegen ließ. In diesem Wäldchen gibt es auch eine Gruppe von Giganten und einer von ihnen ist der Riese Roland ... Doch das ist eine andere Geschichte. Ihr müsst eben wiederkommen, damit ich sie euch erzählen kann. Übrigens sind die Wände in meinem Schlafzimmer mit berühmten Schauspielerinnen und Schauspielern des vorigen Jahrhunderts dekoriert. Wenn ihr Lust habt, könnt ihr euch gelegentlich alles ansehen.« Marius war auch ziemlich aufgedreht. Während sie noch einige interessante Entdeckungen machten, erhob er sich unvermittelt, streckte den linken Arm aus und deklamierte ziemlich pathetisch:

Die Zeit ist da
Ich muss nun endlich
Mich erklären … Racine, »Bérénice«, 2. Akt, 2. Szene

Kilian, der solche Anwandlungen von seinem Großvater schon kannte, lag vor lauter Lachen halb unter dem Stuhl. Zuerst trauten die anderen sich nicht mit einzustimmen, aber dann konnten sie sich auch nicht mehr beherrschen.

»Lacht nur, ich habe früher mal mit einer Schauspielkarriere geliebäugelt. Bei meinen ernsten Rollen hat das Publikum immer gelacht und bei komischen Auftritten geweint. Eines Tages, als mir etliches unfrisches Gemüse um die Ohren flog, hatte ich begriffen, dass ich etwas anderes werden sollte. Dabei fällt mir ein, mein schwarzer Umhang stammt noch aus dieser Zeit. Nach der Führung hatte ich ihn zum Trocknen an die Garderobe vor dem Büro gehängt. Ihr wisst ja, wozu er dann benutzt wurde. Aber jetzt komme ich endlich zum Anfang *unserer* Geschichte:

Nachdem ich noch zwei Mal zum Atlantis gepilgert bin, um meinen Plan wiederzubekommen, hatte ich es aufgegeben. Außerdem wollte mir die Kassiererin klar machen, dass ich die Karte unmöglich hier vergessen haben könnte, sonst hätten die drei Kinder, die so sorgfältig alles nach ein Paar Handschuhen abgesucht hatten, sie doch gefunden und abgegeben.

»Die drei Kinder« gingen mir nicht mehr aus dem Kopf. Und als ich zum Marcus-Brunnen ging und überlegte, ob ich eine neue Skizze anfertigen sollte, da seid ihr drei aufgekreuzt. Ihr habt euch so laut und temperamentvoll gestritten, und so habe ich eure Namen sehr schnell erfahren. Was für ein Zufall, dachte ich, die drei laufen hier im Kreis herum und haben genau so eine Karte, wie du sie vermisst! Zuerst wurde ich wütend und wollte euch zur Rede stellen, weil die markierten Punkte Ausgangspunkte für eine Broschüre sein sollten, an der ich arbeite. Zusätzlich wollte ich für Kilian einen Krimi schreiben, der in dieser Gegend spielt, damit er Bremen etwas besser kennenlernt. Als ich aber sah, wie eifrig ihr bei »der Arbeit« wart und für nichts anderes Augen hattet, hat mich das gefreut. Als ihr dann zu einer neuen Runde um das Rathaus angesetzt habt, kam mir die Idee mit dem Zettel. Aber die eigentliche Idee eine Geschichte daraus zu entwickeln, kam von Kilian. Er sagte ganz spontan: »Lass doch die drei Kinder den Krimi für dich schreiben. Gib ihnen Aufgaben und veranstalte eine Art Schnitzeljagd. Dann beobachte sie eine Weile, vielleicht ergibt sich daraus von selbst eine spannende Geschichte. Darauf wäre ich gar nicht gekommen, außerdem konnte ich nicht ahnen, dass ihr so fabelhaft mitspielen würdet. Plötzlich wart ihr die Hauptdarsteller, und die Geschichte hat sich tatsächlich von selbst ergeben«, lachte Marius.

»Auf diese Weise habe ich euch schon vor einiger Zeit kennengelernt«, meinte Kilian.

»Und hast du den Einkaufszettel geschrieben, den ich gefunden habe, dessen Rückseite meine Fantasie so angeheizt hat?«, fragte Marie.

»Wohl eher gekritzelt«, sagte Kilian peinlich berührt, »denn die Einkaufszettel schreibe ich aus Langeweile immer mit links. Weil ich auch mal mitspielen wollte, habe ich die beiden letzten Nachrichten am PC geschrieben und auf einer versucht, die Unterschrift von Marius nachzumachen. Für mich war es eine schöne Abwechslung, nicht nur immer Geschichten zu lesen, die sich irgendwer ausgedacht hatte. Marius hat mir abends als

Gute-Nacht-Geschichte immer von euch berichtet, und ich habe euch gleich erkannt, so gut hat er euch beschrieben.«

»Hab ich's nicht gesagt«, grinste Lukas: »Wir werden zu irgendetwas benutzt. Nur haben wir nicht herausbekommen wozu. Wer macht sich sonst die Mühe, damit wir am Ball bleiben?« Jetzt wollte Marie wissen: »Marius, war das dein Gesicht an einem der kleinen Domfenster, dass sich gegen die Gitterstäbe presste und starr zu uns heruntersah?« Marius runzelte die Stirn.

»Nein, dafür bin ich nicht zuständig. Aber ich hab euch damals darum gebeten, der Marktfrau etwas auszurichten. Ich merkte, dass ich eine Erkältung bekam und hatte große Angst Kilian anzustecken. Ich musste einfach mal drei Tage im Haus bleiben. Frau Zeemann ist gegen Handys und allen »neumodischen Kram« (perfekt machte er ihren plattdeutschen Akzent nach), und ich konnte sie einfach nicht erreichen. Lukas hat nicht Unrecht, auf der einen Seite wollte ich die Geschichte vorantreiben, und dazu brauchte ich euch. Aber ich wollte euch auch etwas zurückgeben, deshalb habe ich euch über die Geheimtreppe geführt. Dafür habe ich mir extra einen Bart wachsen lassen. Kilian war damals sehr traurig, dass er nicht dabei sein durfte. Damit alles etwas geheimnisvoller wirkte, habe ich das Phantom mit der karierten Jacke erfunden und Frau Zeemann überredet, Marie davor zu warnen. Eigentlich wollte ich mich damit über mich selbst lustig machen. Dass die Geschichte dann ganz anders gelaufen ist, konnte niemand von uns voraussehen. Ich bin nur froh, dass ich Melanie eingeweiht hatte, sonst hätte ich bestimmt Ärger mit euren Eltern gekriegt. Und damit ich heute auch keinen bekomme, schicke ich euch jetzt nachhause. Es ist gleich 19.00 Uhr.«

»Aber ich muss noch wissen, wer mich damals am Roland …«

»Nicht mehr heute, Marie«, unterbrach sie Marius.

»Ihr könnt gern morgen wiederkommen. Was meinst du Kilian?« Ehe der antworten konnte, rief Laura protestierend: »Nein, ich hab meine Klavierstunde schon letzten Donnerstag geschwänzt.«

»Wie ist es am Freitag?« Alle waren einverstanden.

Ist dies das Ende?

Donnerstag

Es ist super, dass wir alle fünf, mit da Vinci sechs, so nah zusammen wohnen! Ich freue mich schon auf morgen! Als Überraschung nehme ich den noch ungeöffneten Brief und die Karte von Marius mit. Wieder wundere ich mich über mich selbst. Vor ein paar Tagen habe ich noch geglaubt, ich könnte mich nie wieder richtig freuen. Vielleicht kann Marius mir helfen, alles ein bisschen besser zu verstehen.

Übrigens finde ich jetzt öfter Einkaufszettel, obwohl ich gar nicht darauf achte. Aber auch, wenn es mich juckt, lasse ich die Finger davon. Eigentlich verdanke ich dieses Erlebnis nur meiner Neugierde, die mich immer weiter in die Sache hineingezogen hat. Ist das nun gut oder schlecht?

Fast bereute Marie es, dass sie Marius die Karte gegeben hatte. Er schnappte förmlich nach Luft und starrte entsetzt auf den zerfledderten, alten Lappen.

»Habt ihr Mäuse?«, fragte er sie. Dann fing er sich und meinte zum Brief: »Der ist im Augenblick uninteressant, denn das wäre der Anfang einer neuen Geschichte. Wenn ihr nichts dagegen habt, öffnen wir den zusammen, wenn wir aus der Schweiz zurück sind. Ich hoffe sehr, dass sich dann noch ein Platz für Kilian in der 6f finden lässt. Der Schulleiter hat mir Hoffnung gemacht.«

»Wenn das nicht klappen sollte, gehe ich in den Schulstreik«, sagte Lukas trotzig.

»Und ich teile mir mit Laura einen Stuhl. Abwechselnd sitzt oder steht eine von uns eine Schulstunde«, lachte Marie.

»Dann kann niemand behaupten, es wäre kein Platz mehr da.«

»Aber ich wollte doch noch wissen, wer mich damals im Dunkeln vor dem Roland umgestoßen hat«, wechselte Marie das Thema.

»Das weiß ich nicht, denn ich bin wirklich nicht für alles zuständig«, sagte Marius nachdenklich.

»Dabei fällt mir ein, dass die Leiter von Lukas bei mir in der Speisekammer steht. Der Schraubenzieher ist leider futsch. Wachtmeister Kaastendyk wusste, dass die Toilettenfrau das gute Stück sichergestellt hatte.« Lukas fiel ein Stein vom Herzen und er erkundigte sich nun, warum es denn beim letzten Mal drei Nachrichten zugleich gegeben hätte, das machte doch gar keinen Sinn.

»Ich wollte einfach den Kontakt nicht abreißen lassen und hatte gehofft, dass wenigstens eine gefunden würde.«

»Kilian, waren die roten Handschuhe von dir?«, mischte sich Laura in die Fragestunde.

»Ja, aber die waren mir schon zu klein.« Jetzt war Marie wieder an der Reihe: »Und was hat es mit der karierten Jacke auf sich?«

»Ach, das war reiner Zufall. Als ich bei Frau Zeemann einkaufte, und euch ein wenig necken wollte, habe ich zufällig – wie auch bei der Dachboden-Führung – meine karierte Jacke getragen.«

»Bleibt noch offen, was mit Paul S. ist und wo das Ratssilber steckt«, sinnierte Lukas.

»Paul S. hat inzwischen eine heiße Spur hinterlassen. Und bis auf einen Teelöffel wurde das Ratssilber sichergestellt. Genaue Einzelheiten behält die Polizei noch für sich. Ich glaube, die Erklärungen, die ich euch geben konnte, habe ich damit abgeliefert«, schmunzelte Marius zufrieden. Aber Marie musste doch noch einmal nachbohren: »Marius, wenn man bedenkt, was du alles von uns wusstest und wie du uns hin- und hergescheucht hast, hast du dich manchmal auch ganz schön verdächtig gemacht.«

»Richtig«, fügte Laura dazu.

»Was ist, wenn wir dir nicht alles glauben, z.B. wieso die Leiter bei dir und nicht bei der Polizei steht? Und woher weißt du, dass noch ein Schraubenzieher fehlt?« Auch Lukas legte noch einmal nach: »Ganz schön link, Leute, die davon nichts ahnen, zu inspizieren und sich selbst nicht zu erkennen zu geben.« Inspizieren muss ich mir merken und heute Abend nachschlagen, dachte Marie. Und noch ehe Marius etwas erwidern konnte, sprang Kilian auf, ahmte Geste und Stimme seines Großvaters nach und rezitierte:

»Die Zeit ist um
Ich kann nun leider
Nichts erklären«

Und damit biss er dem Marzipan-Roland beherzt den Kopf ab.

»Ich hoffe doch sehr, ihr glaubt mir«, bemerkte Marius ernst.

»Wären wir jetzt in Rom, würde ich meine Hand in den Mund der Flussmaske legen. Ich würde sie ja verlieren, wenn ich nicht die Wahrheit sagte. Ich wollte euch nicht austricksen, sondern nur ein Spiel mit Fortsetzungen entwickeln. Außerdem brauchte ich euch plötzlich, denn Kilian wollte nur noch Gute-Nacht-Geschichten hören, in denen ihr wirklich mitgespielt habt.« Laura seufzte: »Im Nachhinein bin ich froh, dass Marie euren Einkaufszettel gefunden und aufgehoben hat, denn jetzt ist aus einem dreiblättrigen ein vierblättriges Kleeblatt geworden.« Da schaltete sich Kilian ein und schüttelte energisch den Kopf: »Gestern hat mich übrigens ein gewisser Ivo angerufen. Ich wollte wissen, woher er meine Telefonnummer hätte. Darauf meinte er bloß, die läge doch ganz offen auf dem Schreibtisch seiner Schwester und dass er es irgendwie geschafft hätte, die Namen auf dem Zettel zu entziffern und er könne überhaupt nicht verstehen, warum er immer ausgeschlossen würde, wenn es spannend würde. Zum Schluss sagte er noch, dass er eine klasse Überraschung für uns bereithalte, weil noch niemand die merkwürdigen Fotos gesehen hätte, die Lukas mal mit seiner Kamera im Regen geschossen hätte.

Und ich frage mich jetzt«, grübelte Kilian, »ob es auch fünfblättrige Kleeblätter gibt?«

Und Marius summte mehr als dass er sprach: »This is not the end my friends."

Na dann!

Nachwort

Schluss! Ich klappe mein altes Tagebuch zu, es hat etwas Endgültiges. Ich fühle mich wie Maries große Schwester, als würde ich mit meinem Auszug auch die Welt meiner Kindheit verlassen, in die ich nie wieder zurück schlüpfen kann. Ach ja, ehe ich es vergesse, die allerletzte Info auf meinem Smartphone aus den Ausschnitten an zufälligen News: Tagebuchschreiben ist in! Change Writers nennen sich ehemalige Schulverweigerer, die in ihren Tagebüchern über ihre Lebenswelt berichten. Das Schreiben hat ihnen geholfen, ihre Einstellung zur Schule und zum Schwänzen zu ändern.

Da gibt es so Vieles, das in mein Leben eingreift. Nicht nur ich habe mich verändert. Laura und Lukas kommen mir so unheimlich vernünftig vor. Auch eine alte Stadt bleibt nicht so, wie sie war: Den Eingang zum Bunker gibt es nicht mehr. Wenn man über das Pflaster geht, kommt man nicht auf die Idee, dass hier eine Öffnung war und Treppenstufen nach unten in die Katakomben führten. Seit »gestern« stehen dort Kübel mit Stadtgemüse.

Eine der vier Bs, die ehemalige Bremer Bank gegenüber dem Domplatz ist jetzt ein Nobel-Kaufhaus.« Zwar kann ich noch an der Seite des Gebäudes durch das vergitterte Fenster sehen, aber kein H. H. Meier grinst spöttisch zurück. Seitdem Frau Zeeman keinen Marktstand mehr hat, habe ich nie mehr eine Apfelsine geschenkt bekommen. Und kein Mensch auf dem Markt trägt eine Schürze – bis es wieder Mode wird, weil es so zünftig aussieht. Die auf dem Heimweg von der Schule bewunderten Orientteppiche im Nachbarhaus sind längst verschwunden. Aber Babbeler und Klaben von der Schnoor-Bäckerei gibt es noch.

Auch Einkaufszettel in Einkaufswagen finde ich noch manchmal. Ich lasse sie liegen.

Das Atlantis wirbt: A NICE PLACE TO STAY, seit 1930 für 88 Menschen. Gerade laufen *Die Verlegerin* und *Der Seidene Faden.* Es würde mich nicht wundern, wenn Frau Siebert ihren Klassen immer noch aus David Copperfield vorlesen würde: *»Um mit dem Anfang meines Lebens zu beginnen, berichte ich, dass ich an einem Freitag um zwölf Uhr mitternachts geboren bin. Wie man sagt, fing zu gleicher Zeit die Uhr zu schlagen und ich zu schreien an.«*

Eben bin ich mit Lukas rüber zum windschiefen Häuschen an der Liebfrauenkirche gelaufen. Über der Tür steht immer noch die Jahreszahl 1647. Unsere Rostbratwurst – ohne Kartoffelsalat – hat 2,90 € gekostet. Und als Laura mich vorhin anrief, sagte sie zum Schluss: »Reingefallen! Erst jetzt bin *ich* es, die mit dir spricht, davor war es eine maschinelle Sprachimitation.« So richtig lachen kann ich darüber nicht.

Aber jetzt fängt ein neues Kapitel in meinem Leben an, und ich lasse auf keinen Fall alle Hoffnung fahren. Denn ich trete doch nicht durch Dantes Höllentor, sondern freue mich richtig auf das Studium, auf alles Spannende, Unbekannte. Die Jahres-, Geburtstage und die Gedenktage der Toten, alles schon von der Aktualität eingeholt – Schnee von gestern oder das Klima von morgen?

Dank

Während eines Spaziergangs um das Bremer Rathaus und den Dom zur Freimarktzeit, entstand die Idee zum Buch. Dabei wurde mir bewusst, wie wenig ich die Schätze kannte, die hinter den historischen Mauern verborgen sind.

Mein Dank gilt allen, die mir verschlossene Türen geöffnet haben.

Im Rathaus gewährte mir Birgitt Rambalski, Chefin des Protokolls, Einblick in die illustre Gästeliste; Holger Busch war ein kenntnisreicher und unterhaltsamer Führer bis unters Dach über die Geheimtreppe.

Im Landgericht danke ich Landesgerichtspräsidentin Karin Goldmann für die Fotogenehmigung; und besonders für die Vermittlung einer professionellen Führung durch alle Gerichtssäle durch Richter Walther Ulrich Erwes. Natürlich kamen ernste und amüsante Erinnerungen an seine Amtszeit dabei nicht zu kurz.

Rechtsanwältin Hannelore Senft beantwortete meine Fragen zum Prozedere von Kindern vor Gericht mit großer Geduld.

Ein besonderer Dank gilt auch Susanne Brahms aus der Redaktion von buten un binnen. Sie begleitete eine Leseprobe vor Schülerinnen und Schülern der 6f in der St. Johannisschule mit einem Kamera-Team. In dem kleinen Info-Film verkörperte Daniela die Figur von Marie, Katharina war Laura und Frederik stellte Lukas dar. Diese Begegnung verdankt sich dem Engagement von Klassenlehrer Stefan Möller, der mir die Lesezeit während des Deutschunterrichts zur Verfügung gestellt hat. Natürlich gebührt der damaligen 6f ein Super-Dank für die intensive Aufmerksamkeit und lebhafte Diskussion nach der Lesung, obwohl doch viele Fiction bevorzugten.

Verschlossen für das Publikum sind auch die Türen der kleinen Süßwarenfabrik Friedrich Germann-Uhlisch. Dort durfte ich einen Durchgang bei der Herstellung der Zuckerstangen verfolgen.

Nadine Bitter hat mir in der Deutschen Bank den Mechanismus der sogenannten Kralle beim Geldtransport erklärt.

In der Stadtbibliothek danke ich Axel Demmig und Jan Ralle für die Ausrichtung der Foto-Ausstellung vom Rathaus und Gericht in der Kinderbuchabteilung.

Riesengroßer Dank geht an Halka Breyhan. Über lange Zeit hat sie den Text mit Ermunterung, Kritik und witzigen Kommentaren begleitet und auch die Fotografien im Rathaus und Gericht gemacht. Das Ergebnis könnte einen gesonderten Band füllen.

Der letzte Dank gilt den Verlegern Linda und Kai Falkenberg, dass sie sich auf das Wagnis der Publikation eingelassen haben.

„Der Steinkreis ist ein Ort, der die erstaunlichsten Dinge möglich macht", flüsterte Liam. Er hatte mein Zögern gespürt. „Du kannst mir alles erzählen. Ich bin ein Druide solange ich denken kann. Du hast nicht die leiseste Ahnung von dem, was ich erlebt habe."

Die Winterhill-Saga, Band 1:
Eine neue spannende Fantasy-Welt.

Marieke Picard
Druidenkind

Das Geheimnis von Winterhill

Fantasy-Roman, ab 12 Jahren
236 Seiten
Taschenbuch, Format 14 x 22 cm
12,90 Euro
ISBN 978-3-95494-159-9

Nach dem Tod ihres Vaters beginnt die sechzehnjährige Caily ein neues Leben in einer Pflegefamilie im irischen Norden. Schon bald wird ihr klar, dass die O'Toolans etwas vor der Welt verbergen. Sie benehmen sich seltsam. Warum interessieren sie sich so sehr für Cailys Träume? Und wieso hat das alte Anwesen mit seinem Steinkreis so eine starke Wirkung auf sie?

Zum Glück hilft ihr Liam, der leibliche Sohn der Familie, diese Geheimnisse zu enthüllen. Obwohl sie sich kaum kennen, besteht eine seltsame Verbindung zwischen den beiden. Caily erkennt, dass in ihr eine Kraft schlummert, die die O'Toolans für ihre Zwecke nutzen wollen. Auch die Familie ihrer Mutter tritt plötzlich in Erscheinung – sie hat es ebenfalls auf ihr magisches Potenzial abgesehen.

Alle wollen Caily. Denn sie könnte das Machtgefüge zwischen den verfeindeten Familien deutlich verändern. Wem kann sie trauen und wie weit muss sie gehen, um nicht in die falschen Hände zu spielen?

„Kannst du dich wirklich in eine Eule verwandeln?" Ich sagte es leise. Es klang so unglaublich, so unmöglich, dass ich erschrocken war, mich selbst zu hören. Er beugte sich mit verschwörerischer Miene vor und sah mir dabei in die Augen. Mein Herz galoppierte. „Ja", flüsterte er. Mehr nicht. Dann grinste er spöttisch.

Marieke Picard, 1981 in Starnberg geboren, studierte Anglistik, Skandinavistik und Psychoanalyse in Frankfurt am Main. Sie lebt mit ihrem Mann, zwei Kindern und zwei Kaninchen in Schöneiche bei Berlin und arbeitet im Nachbarort als Lehrerin an einer Freien Schule. Am liebsten schreibt sie draußen unter Bäumen, wenn die Kinder toben und die Vögel zwitschern.